寂寞的游戏

袁哲生——著

后浪

北京联合出版公司
Beijing United Publishing Co.,Ltd.

目 录

1 代序 袁哲生的寂寞与游戏/张大春

15 自序 灵魂的体重

1 寂寞的游戏

67 遇见舒伯特

95 送行

115 附 《送行》得奖感言

117 附 决审意见：渐行渐远的《送行》/张大春

121 父亲的轮廓

131 没有窗户的房间

155 附 得奖感言：盛夏午后的相遇

157 密封罐子

167 木鱼

213 袁哲生生平写作年表

代序 袁哲生的寂寞与游戏

张大春

我们为什么写作?一个看似寻常的问题,其不寻常处在于提问者设定了一个共同的主词:我们。我们可以是指同一个语种、同一个社会、同一个时代、同一个文类,或者是同在一个社团、街坊、协会或者同一张茶几酒桌上对话之人。这个问题一定也有着言人人殊的答案。仅就我记忆所及,无数张杯盘狼藉的桌上,就摊着"求偶""成名""谋生""创造"以及"寂寞"这么些语词。

袁哲生生前与我倾谈无数过,没有一个话题不落实,除了"为什么写作?"这个大哉问。然而,也是在这个话题上,他向来噤然无一语。我们最后一次交谈是在电话里，他当时担任《FHM男人帮》杂志的总编辑，刚刚出版了四册《倪亚达》。书已经系列出版了四本，据说销售还不恶，而且有机会改编成电视剧，有相当可观的市场预期。

我在书架前来回踱步，听他说起"倪亚达"这个男孩主角的设定，说了很久——特别是"倪亚达"和之前十多年我所创造的角色"大头春"之间的关系；哲生似乎带着些其实不必要的不安之意，支支吾吾地表示："倪亚达"只不过是"大头春"更幼稚的延伸版。而我则不怎么体贴地反问了一句："如果不满意，为什么还写那么多部呢？"他嘻嘻笑着说："大概是为了赚钱吧？"

刻意把生命中原本具有高贵感的动机说得可笑不堪，似乎是哲生的习惯。然而，几个月之后，传来哲生自缢的消息，令我不觉惊骇而黯然。这个看来随时都可以自己开玩笑的汉子好像一直都敏感、脆弱而容易受到无法平复的伤害。那么，我伤害了他吗？"如果不满意，为什么还写那么多部呢"这话伤害了他吗？

重读哲生的两本遗作，多多少少有追问"为什么"的意思，只不过追问的不是写作，而是寻死。我可以先公布结局：即使尽我余生所有的时间与精力重读他所有的作品，仍然不可能找到他放弃活着的原因。

这使我不得不想起一部电影：《异世浮生》(*Jacob's Ladder*)。老实说，电影故事梗概很难讲得完整，影像意图也不容易说得明白，被归类为惊悚片当之无愧，因为片子结束的时候观众大约才意识到，电影一开始那个像是从越南战场上历劫归来的主人翁其实并未归来，他的生还只是死前的谵念渴想而已。经过导演堆叠架构、穿插藏闪的无数暗喻和象征，我们大约才能发现：《圣经·创世纪》第二十八章第十至十二节被用以为典故的片名所含藏的意旨。

《圣经》本文如此："雅各离开别是巴往哈兰去。日落时，他来到一个地方，在那里过夜；他搬一块石头作枕头，躺在地上，睡着了。他梦见有一个梯子从地上通到天上；梯子上，上帝的使者上下往来。"

而在观影过程中每每被视为鬼魅灵异的角色，正是天梯上"上下往来"的"使者"；只不过导演阿德里安·莱恩（Adrian Lyne）让这些"使者"融入了主人翁记忆、虚构、妄想中的生命遭遇。我们看到了最后一个镜头，不由得骇异：啊！原来主人翁早就死了。或者：原来主人翁是个疯子，他根本没有上战场。或者……

阿德里安·莱恩故弄玄虚，是为了打破惊悚片中那些狼人、幽灵、怨鬼的老套，让现实在世的尖锐暴力成为比死亡还可怖的隐喻。但是在哲生诸多零落的短篇（以及尚未组装完成的烧水沟系列），已经可以看出端倪，他的故事也有一个巧妙的掩饰：那些看起来说不完的、老是周旋于青春期天真乡村风景之间的成长故事，总是窥探着死亡。

《寂寞的游戏》（1998）描写的是主人翁"我"十三到十四岁间的成长经历，破碎而凌乱的叙事线并没有引导读者发现"我"究竟如何获得现代小说一向会带来的启悟（epiphany），整篇故事围绕着一个走不出去的困境，我们甚至不知道那困境的本质是初次萌发、懵懵懂懂的爱情？还是充满了荒谬折磨的教育体制？还是令"我"容易沉溺其间的"一些不副实际的胡思乱想"？唯一明朗的线索是一再重复，且使"我"难以自拔的一个场景：

> 我就这样躲躲藏藏了许多年，直到有一天，捉迷藏的乐趣就像一颗流星，眨眼间就消失得无影无踪。那天，我躲在一棵大树上，等待我的同伴孔兆年前来找我；我等了很久，一直等到天色渐渐暗了下来。幸福的感觉随着时间慢慢消失，终于，我看到孔兆年像个老人似的慢慢走过来。他慢条斯理地站在我藏身的大树底下，看看右边，又看看左边，然后，倏地猛然抬起头来——我还来不及尖叫便怔住了。他直愣愣地望着我，应该说是看穿了我，两眼盯着我的背后，一动也不动，令人不寒而栗。我从来没有看过那样一张完全没有表情的脸，和那么空洞的一双眼球，对我视而不见。

看似幼稚的游戏，竟然带来沉重的发现：经由同伴的"看不见"，"我"所体会到的，却是"自我的不在"。这一场捉迷藏的游戏结束在这样几句悲伤的话语上：

接着，我清清楚楚地看到自己蜷缩在树上，我看见自己用一种很陌生的姿势躲在一个阴暗寂寞的角落里，我哭了。

这篇小说的结局很有《麦田里的守望者》(The Catcher in the Rye)的风味，"我"拿着行李，逃课逃家，前往中影文化城，准备去参观他很久以前就想去逛的蜡像馆。"我"从驾驶座前方的后照镜看见自己的笑容。"我"笑得很自然、很诚恳（这笑容——作者在前后两段中重复书写了两次——），可是主人翁接着透露："因为错过了开放参观的日期，所以没能进去。"他只能"从一堵白墙上的石窗格望过去，只隐约看到一些角落里的人物，还有盆景、假山、鸟笼等等全都纹风不动，红色的夕照从窗格弥漫进去,把所有的东西都糅合在一起。我注视了许久,直到它们熔化成一团火焰,不留一丝灰痕"。

错过了开放时间,显然来自詹姆斯·乔伊斯(James Joyce)在《都柏林人》(*Dubliners*)里的短篇《阿拉伯商展》(*Araby*)的结局,阿拉伯裔的都柏林小男孩每每被心仪的女孩建议,应该去看那商展,小男孩错过了开放时间,却在紧闭的商展茶色玻璃门上忽然"看见"了自己的肤色。乔伊斯的暗喻极为隐晦,而袁哲生的暗喻则更加沉埋;我只能说:他不被看见的自我,似乎也和他想要、却无法看见的对象一同化为生之灰烬了。

然而这可能只是一个理解的开端。

写于1995年、令哲生声誉鹊起的《送行》叙述了一家两代三口(一个即将出海的厨工,和他因逃兵被捕的长子,以及不得已而得寄宿在港市中学里的次子)在一列上行火车上无言而苍凉的送行。

看来和大部分哲生的小说十分类似,这个短篇仍然压缩了情节的开展,我们看不到一般习见的因果叙事,佛斯特那著名的"国王死了，于是王后伤心而死"的铁律似乎失效。读者甚至会讶异：那个身为青少年的次子，在一夜之间经历两个至亲的亘远分离，为什么会那样冷淡，甚至那样冷酷地只顾着买棒球手套、辗转打听暗恋的女童、买热狗大亨堡以及逗弄陌生的儿童？而且，这些事为什么看来和送行无关？

倘若将发表于三年后的短篇《父亲的轮廓》比附而观，《送行》的轮廓也许会更清晰一些。《父亲的轮廓》只有三千多字，给人一种非小说的压迫感。从模拟写真的叙事语气来推敲，显然哲生希望他的读者将此作视为作者亲身的遭遇。一个腼腆、和善的父亲可能是世上唯一察觉儿子有自杀之念的人，他所能做的，也只有在儿子备受压力或斥责之后来到他正在假寐的房间，拉开椅子坐一会儿，留下一点零用钱，以及不时会出现错字的勉励之语。

拙于言辞的温柔父亲终于还是离家出走了——比起《寂寞的游戏》中的"我"要严重得多，这位逃家的父亲由于得到了一大笔遗产而出走,而沦落、而死于不知道是否出于蓄意的车祸。这个看似非常戏剧性也不免庸俗的事件所导出的小说结尾,却翻新了现代主义作手经常卖弄的神悟手段:

> 突然有一个晚上,当母亲走进来的那一刻,我从床上坐起来,叫唤了一声:"妈!"我听到母亲立在门边的黑影渐渐发出沉重的呼吸,过了不知道多久的时间,母亲的轮廓开始颤动、啜泣起来。我对自己突如其来的举动感到十分后悔,不知该如何面对这个终于到来的时刻。
>
> 母亲仿佛一个做错事的小孩那样,将门重新掩上、离去。我的眼前又恢复成一片黑暗。我坐在床沿,紧握双拳,心中又重新燃起了一股想死的念头。

叙事者兼角色并未因故事的展开而获得启悟,他只是重新陷入原始的困境。这个"本来无一物,何处惹尘埃"

的处境是最深刻的悲哀。由此也可以看出：由《秀才的手表》《天顶的父》《时计鬼》三篇所构成的"烧水沟系列"（如果本来有此一书名的话）其实是不可能完成的。不可能完成的原因也很明显：哲生已经写成的三篇也都没有展开任何系列作所应该展开的内在意义。他试着运用一个虚构的台湾农村边缘人物所渲染出来的现实主义描述手段，煅接上以闹剧情节（或动作）所形成的滑稽突梯的超现实风味，再混合上妖魅鬼怪的佐料，让一群乡村少年和他们困守穷乡的祖父母上演着一幕又一幕送往迎来的死亡和离别。

叙事者兼主人翁的父亲（外省仔）和母亲始终没有出现在现实的情节之中，"我"、"我"的外公黄水木、阿妈（外婆）、邻居火炎夫妇和他们的儿子武雄和武男、算命仙仔阿伯公、老师、牧师，以及分别在不同篇章里扮演单篇主角的秀才、空茂央仔和名字谐音"有死人"的神秘同学吴西郎……他们之间缺乏内在的、有机的联系，非常接近电视连续剧（尤其是喜剧）中常见的"个性／

情境"双重设定——质言之:就是将角色与环境在通俗社会的规范或风俗、习惯价值体系里稳固下来之后,让情节追随个别人物之间相互冲突的意志而展开。在通俗剧里,这一套作法可能是市场安全的保障,因为剧情既不可能违逆观众对于角色的预期,也不可能挑战观众的基本价值观。

哲生看似对于这个类型的书写有一些期待,他试着从《送行》《寂寞的游戏》《父亲的轮廓》《密封的罐子》那种拔除情节、剪断因果的风格手段中脱出。倘若大胆假设他有什么仿习的对象的话,我会想到李永平的《吉陵春秋》。

然而李永平的东马雨林中还有生意盎然、元气淋漓的人物,至于哲生的烧水沟则不然,请容我借用《密封的罐子》来解释。

《密封的罐子》叙述了一对从师专毕业的男女,于毕业旅行时来到一座偏僻的小镇山城,发现一座荒废的日式木屋。他们住下来,在山城的小学教书,清静度日。

山居三年左右的一个元宵节，他们受到邻家小孩提灯游行的鼓舞，也做了铁罐灯笼，到山里游行了半夜，"他们像两只迷路的萤火虫在黑夜里寻觅那群小孩子，直到点完了所有的蜡烛，都没有找到"。就在那天晚上，始终未曾怀孕的妻子固执地失眠了，她提议玩了一个游戏：各自写下一句最想告诉对方的话，装在一个玻璃罐子里，埋在土中，"过二十年之后才可以挖出来，看看对方写了什么"。

不幸的是，妻子在婚后七年过世。又过了一年，他想起了那个游戏——游戏当时，他投入密封的罐子里的只是一张空白的纸片，而早逝的妻子不知道吗？哲生如此写道：

月光下，他举起那个密封罐子，光线穿过玻璃。他看见罐子里只剩下一张纸片，还未打开盖子，他便已经猜到了：剩下来的必定是他当年投入的那张空白纸片。

他知道，在埋完罐子之后，妻必定曾经背着他挖出罐子，取出纸片来看。当妻发现他投入的只是一张空白纸片时，就把她自己的那张给收走了。

这不只是一个在爱情关系中因失望愤懑而激动的情绪，丈夫明白了这一切之后的反应是："他笑了。"

这是一篇温馨而恐怖的小品。哲生利用一次"及时的亡故"解决了一个妻子终身漫长的失落和痛苦，丈夫的爱与温柔，具现在那笑意之中——

游戏结束了，或者说，才刚刚开始就结束了。他想起了那个不太遥远的元宵节深夜，在回家的路上，妻仍旧焦急地提着火光微弱的灯笼，想要寻找那一群邻家的小孩。当时，他走在妻的背后，看见她拖在身后的黑影在山路上孤单地颤抖着……

现在回想起来，早在那个提灯的夜晚，妻便已经离他而去了。

对于哲生来说:"烧水沟系列"应该就是那山间小路上照亮些微夜色的灯笼。由于步履不稳而看似孤单颤抖的背影,或可能是出于生与死的渴望都过于纠结,他在哭与笑之间徘徊,落得啼笑皆非。

毕竟,后来他还是像《父亲的轮廓》里那个逃家的父亲一样,决定离开了,生命看来自有其庄严的出口,不须要烧水沟的闹剧了。

自序 灵魂的体重

很久以前,我曾听朋友说过,从前在某地有某些人做了一个实验,他们聚集在一起,守候着一个进入弥留状态的人,在他快要断气之前和刚刚死去之后各秤了一次体重,结果发现前后相差若干毫克,证明人的生命确实有灵魂存在。那若干毫克便是灵魂的体重。

这样的实验和结论未免有些草率,我当时心想,人的身体随时都在散发汗气,那位被实验者死前可能因为紧张或者痛苦而忙得满头大汗也说不定,损失掉的若干毫克并不能全记在灵魂的账上。但是朋友来自一个热衷精神生活的家庭,若不能证明"人类确有灵魂"一事,也许会带给他心理上极大的恐慌,因此我便对他表达了我的坚信不疑。如果我的演技还可以的话,相信当时在我闪烁的眼神中,大概也曾经短暂地发散出一丝信仰的光辉吧!

另外,我还有一位热衷锻炼身体的朋友,他是镇上有名的田径选手,专攻百米短跑。那时,我们同在一所初中念书,每到朝会集合或是放学打扫的时间,都可以在操场的一隅,看见朋友不分冷热晴雨,总是身着一件雪白的紧身背心,和一条短到不能再短的运动裤,脚上是一双跑起来刷刷响的钉鞋。他在体育老师的细心呵护,和全校女生的注目之下,一遍又一遍反复地练习起跑、抬腿、冲刺等动作。在那样理想的状况之下,有史以来,我首次诚心地联想到,人类有可能是地球上最美丽的生物之一。

有一天,朋友请我在学校旁的冰果室吃冰,他看起来很兴奋,因为那天他的速度进步了零点零几秒(正确的数字我忘记了);我也颇为得意,因为角落里有一群女生对我投来一种既羡慕又嫉妒的眼光。这种感受很奇怪，好像那些女生的眼神都有重量似的，每一双眼睛各放射出若干毫克，再乘上某种凌厉的速度向我横扫而来，一碗冰吃得我满头大汗。

就这样，我的早期生活便慢慢地陷入这种对"若干毫克"或是"零点零几秒"的轻微迷惑之中。当周遭的朋友以愈来愈频繁的次数询问我有关"生命的意义"，或是"人为什么而活"的问题时，我便一步一步地踏入了那古老而坚固的迷宫之中了。久了之后，这样伤感情的问题便很少听人提起了，除了用所谓"习惯成自然"的适应能力来解释之外——或者还有另外一个很重要的原因，那便是朋友愈来愈少了。

令人难忘的是，当年我的朋友们在肯定了人的灵魂确实重量若干，或是奔跑的速度竟然可以如何的时候，脸上所洋溢出的神圣光彩。这么些年来，这两个谜题我始终还想不清楚，也不知该走向哪一边。我不知该如何计算自己的正确体重，也没有努力地锻炼过双腿。幸好，朋友是愈来愈少了。

或者说，年岁渐长之后，交朋友的方式就慢慢变得不一样了。

前一阵子，途经一处风景地区，在一个不太起眼的民宅神坛前，看到一群人围在一个乩童模样的人身旁，他们在一种诡异而敏感的气氛中期待着。那个人盘腿端坐在一张矮桌上，上身赤裸发红，一手持羽扇，一手执米酒，身体微微晃动着；他偶尔会睁开迷蒙的双眼，灌一口酒，然后又迅速合上眼，嘴角不时地抽动着。那些围在他身旁的男男女女似乎很渴望他开口说话，因此，一旦见他嘴上稍有异状，便探头探脑地向前推挤起来，待乩童闭口不语之后，接着又是一大段沉默。

我已经很多年不曾看到有人这样认真地去聆听别人说话了。当时，若不是因为室内已经太过拥挤的关系，我也很希望能置身其间。我期盼可以意外地，透过乩童的口，听到某个老朋友的声音；那时候，或许那位乩童的体重会莫名其妙地增加了若干毫克也说不定。

那次经历，让我对乩童这个行业产生了一种很亲切的感受。那是一种很古老而充满失望的能量，它让人们维系了一份非常间接的友谊关系。我始终忘不了那个满身酒气，表情扭曲，端坐在矮桌上左摇右晃的身影。在众目睽睽之下，他就像一台破旧的老收音机，不断地发出滋滋响的杂讯，只偶然地，在最理想的状况下，勉强接收到几句话，或是写下一句费人猜疑的诗行……

这本《寂寞的游戏》让我又回到了老路上，当然，也遇到了一些"老问题"和"老朋友"；我很高兴自己能有机会多走几步路，如果人真的还有来生，希望下辈子我可以不费吹灰之力地再次想起"他们"的点点滴滴。

寂寞的游戏

我想，人天生就喜欢躲藏，
渴望消失，这是一点都不奇怪的事；
何况，在我们来到这个世界之前，
我们不就是躲得好好的，
好到连我们自己都想不起来曾经藏身何处？

捉迷藏

我爸爸曾经跟我讲过一个很棒的故事,他说在他念小学的时候,有一次发高烧(那次可能真的烧得很厉害),过了不知道多少天,当他醒来的时候,他发现自己竟然置身在荒郊野外,四下是满目萧萧的坟堆和杂草。我爸说,那次梦游要不是凑巧被一个做坟墓工人的亲戚叫住的话,他不知道自己还会走多久,走多远,走到哪里去。那真是一件可怕的事,他接着说,因为忘了穿鞋子的缘故,所以在被那位亲戚叫醒的一瞬间,他那双在大太阳底下,走了很久的脚掌好像踩在炭火上一样,烧灼的剧痛令他像一只疯狂的跳蚤似的在黄土路上蹦来蹦去，每次回想起来都觉得自己既可怜又可笑。讲到这里，我爸的脸上挂起一丝尴尬的苦笑，好像对这件奇特的陈年往事很不以为然。

　　我可不这么认为，对我来说，这是一则非常凄美的故事，如果我爸知道那可能是他这辈子最珍贵的回忆的话，也许他会感动得流下泪来。我认为，我爸应该更心平气和地回味一下这个不凡的遭遇，以及它像梦一般的深长意味，那么他跟这个世界的关系一定会变得大不相同的。这个故事一直烙印在我心底，陪伴我成长，像是一则寓言。它描写了一个涉世未深的少年，在一个很偶然的时刻降临时，他很本能、很熟练地走向他生命开始之前（或是结束之后）的那一点去。那个做坟墓工人的亲戚大概做梦也想不到世上竟有这样自己送上门来的年轻人吧？毕竟，我爸那时可不算是饱经风霜，也还没吃足苦头呢！

　　我想，人天生就喜欢躲藏，渴望消失，这是一点都不奇怪的事；何况，在我们来到这个世界之前，我们不就是躲得好好的，好到连我们自己都想不起来曾经藏身何处？也许，我们真的曾经在一根烟囱里，或是一块瓦片底下躲了很久，于是，躲藏起来就成了我们最想做的事。

后来我陆续问过很多人，他们记忆中最幽暗的角落，大多埋藏着一些无关痛痒的琐事。果然没错，在参加作文比赛，或是学骑单车的经验之外，我们还记得一些更重要的事情。比如说，有的人记起了在一个遥远的台风过境后的傍晚，自己一人莫名地走在淹水的巷弄里，一直走向布满紫色云朵的天际那头；也有人回想起在某个无聊的冬日午后，自个儿孤零零地坐在池塘边等待鱼儿跃出水面……他们说的多半是一些微不足道，却又耐人寻味的事件，这些断简残编经过一段时间之后变得遥远而模糊，归纳起来，大都具有一些不由自主的特征，和寂寞有关的。

而我自己呢？我记忆中最遥远的一件事是玩捉迷藏。

那是在冬季，我还记得我穿着厚厚的土黄色绒裤，裤袋里有一把超级小刀，和几颗白脱糖。每当游戏开始的时候，我和同伴们就像饱受惊吓的老鼠那样四散逃开，急切而慌张地寻觅着一个藏身之处，仿佛这就是天底下最要紧的一件事。现在回想起来，或许这就是为什么我那么喜欢捉迷藏的原因：它一开始就引人入胜，并且充满期待。当扮鬼的同伴处心积虑地想找出我们，我们却在黑暗的角落里蜷缩着身体，紧绷着神经，盯着向我们寻来的同伴时，我总是感到自己深陷在一股漆黑的幸福之中无法自拔。通常，在这段游戏中最静谧、最美好的时刻里，我会轻轻地从裤袋里搜出一颗压得皱皱的糖果来，剥进嘴里，再用那把油亮亮的小刀把糖果纸切成雪花般的碎片，一面品尝烟消云散的滋味，一面咀嚼糖果的甜美。

在扮鬼的人愈来愈接近我，就要发现我的那一刻，和其他人一样，我也撕扯着嗓子发出刺耳的尖叫声，然后在争先恐后的赛跑中，和同伴一路狂奔回到游戏的起点，上气不接下气的，我们沉浸在一阵虚脱之中，失去一切感觉……这是捉迷藏游戏的另一项迷人之处,它总是把我们带回到游戏的起点,而且从不枯燥。

我就这样躲躲藏藏了许多年,直到有一天,捉迷藏的乐趣就像一颗流星,眨眼间就消失得无影无踪。那天,我躲在一棵大树上,等待我的同伴孔兆年前来找我;我等了很久,一直等到天色渐渐暗了下来。幸福的感觉随着时间慢慢消失,终于,我看到孔兆年像个老人似的慢慢走过来。他慢条斯理地站在我藏身的大树底下,看看右边,又看看左边,然后,倏地猛然抬起头来——我还来不及尖叫便怔住了。他直愣愣地望着我,应该说是看穿了我,两眼盯着我的背后,一动也不动,令人不寒而栗。我从来没有看过那样一张完全没有表情的脸,和那么空洞的一双眼球,对我视而不见。

那时,他望了好一会儿,然后才掉头走开。我还记得自己一直蹲在树上,痴痴地看着那双橘色的塑胶拖鞋慢慢离去,发出干燥的沙沙声。接着,我清清楚楚地看到自己蜷缩在树上,我看见自己用一种很陌生的姿势躲在一个阴暗寂寞的角落里,我哭了。

渐渐地,我发现有很多东西都习于躲藏,譬如松鼠、螃蟹、壁虎、含羞草……还有萤火虫。我想,萤火虫玩捉迷藏的历史一定非常久远,所以它们表现得非常优雅和从容:在微凉的夏夜,在整个世界都躲进夜幕里的时候,一颗颗青荧荧、忽远忽近的小光点在草丛里荡来荡去,像一艘艘夜巡的小船,船舱里点着一支支迎风摇曳的小蜡烛。

人一旦开始躲藏就很难停下来了,这点我始终深信不疑。我总是怀念着躲在一个寂寞的角落里含着一颗糖的滋味,还有那一声划破寂静,和同伴们争先恐后地奔回起点的尖叫声。

潜水艇

那年我十三岁,我最要好的朋友是孔兆年和狼狗。

初一开学的那天早晨,我躺在床上,睁开眼睛,看见窗外一圈淡淡的月晕弥漫在灰色的天空上。我爸爸要出门搭交通车上班的时候，看见我一个人坐在客厅的沙发上发呆，他说："学生时代是人生最好的黄金时期。"想到未来还会比现在更糟，我感到前所未有的害怕，几乎要发抖起来。

出门的时候，我特别穿了一双全新的白袜子来鼓励自己，其实我的鞋垫也是新的，只是从外面看不见而已。

我好像是第一个到学校报到的初一新生，这使我不愉快的童年时光比别人更长了一点点。

我到公布栏去找我的名字，看见我被分到一年十三班，这使我有一个不祥的预感；果然，我们村子的讨厌鬼庞建国也在这一班。

第二节上课的时候，孔兆年因为打瞌睡鼻子撞到桌面，不停地流鼻血。我们导师找了一个离他家最近的人——也就是我，陪他回家；他写了一张便条纸叫我交给孔兆年他爸妈，接着就叫孔兆年去整理书包准备回家。离开教室的时候，狼狗生平第一次用一种羡慕的眼神看着我。

我们导师叫我要好好照顾孔兆年,因此,半路上我带着孔兆年去狼狗他爸爸开的吴家小铺抽糖果和看漫画书。我本来想偷一些辣橄榄和豆腐干的,可是想到像孔兆年这种身材瘦小、黑黑的、眼睛小小的,天生看起来鬼鬼祟祟的人特别会引起老板的注意,所以就算了。看着孔兆年鼻孔插着两条红色卫生纸在吃冬瓜冰的样子,我突然羡慕起他来。我偷看了我们导师写给孔兆年他爸妈的纸条,上面说明因为孔兆年身体不适,所以回家休息一天。我把那张纸条塞进我的短裤口袋里。反正孔兆年他爸妈也不会看的,如果我们导师到过他们家的话,就会相信我的话了。他们家堆了满坑满谷的破烂、字纸,这张便条纸只会变成其中可怜的一小张而已。我很想把那张纸条拿给我爸爸看,然后逃学一天,可惜我没有勇气。

我陪孔兆年从吴家小铺走回我们村子,边走边踢石头,走到村口的时候,远远看到水泥柱上红色的"实践一村"四个大字,我的心情顿时悲伤起来。我觉得自己好像一个倒霉鬼,所有的好事我顶多只能沾到边而已。

我们的村子构造很简单,就像一条大拉链,中央一条马路直通到底,两边延伸出许多平行的小巷子,绿油油的树叶从围墙后面伸出头来,家家户户都是头对头、尾朝尾,只有孔兆年他们家例外。

他们家就堵在村尾马路底上,是全村最明显的一户。一进村口,就可以看到他们家前面那棵绿荫遮天的大榕树;从树干和树枝的缝隙间"隐约"可以看见一间奇怪的建筑物,那是孔兆年他爸爸用破木板、石棉瓦、砖头、铅板、碎布、竹子、电影海报、铁丝、帆布、角钢、汽车引擎盖等等东西"扎"起来的房子。从村口望过去,只看见大榕树底下堆了一堆废物。所以,孔兆年他们家也可以说是全村最隐秘的一户;如果有空袭警报的时候,炸弹一定不会落在他们家屋顶上的。偏偏他们家旁边就有一个防空洞,是那种用厚厚的水泥和卵石盖成的,前后各有一个微微翘起的小出口,很像一个特大号的乌龟壳。这间防空洞是孔兆年的地盘,连野狗都不敢在里面搔痒。

我们村子里的大人要是叫小孩子去"倒垃圾",意思就是把垃圾提去放在孔兆年他们家门口。孔兆年总是能从分类好的垃圾之中选出有用的东西:半截断掉的水龙头,模型飞机的螺旋桨,杀虫剂空瓶,抽屉拉柄,洋娃娃的眼珠子……这些全都被孔兆年用一个大煤油筒贮存在防空洞里,过一阵子,就会被孔兆年改装成另外一种东西。

孔兆年他们一家三口都不爱说话,所以有很长的一段时间,我还以为孔妈妈是一个哑巴。我很少看见她,因为她只要远远地看见有人走近,就立刻躲进屋里去。孔伯伯的胡子留得很长,灰灰的;孔妈妈的头发垂到腰上,直直的;孔兆年则好像什么也长不出来。

我们村子分为两种人:一种成天叽叽喳喳的,像麻雀;一种安安静静的,像哑巴。我没有把导师交给我的纸条拿给孔伯伯,我比较喜欢像哑巴的那种人。

送孔兆年回家之后,我又溜回家去,结果家里空空的没有人,连信箱都是空空的。

我心不甘情不愿地独自走在回学校的路上,感觉好像一只被人用水灌出来的蛐蛐。

我就这样在学校里混过一天又一天,一切都没什么改变,唯一的改变是孔兆年他们家门口的大榕树变得更高、更大了,而且大得有点离谱,连麻雀都没办法一口气飞上树顶。

还有就是孔兆年愈来愈神奇了,他可以修理好任何东西,手表、电视、冰箱、熨斗、收音机……这些东西对孔兆年来说只不过是玩具罢了。后来,孔兆年竟然做了一艘遥控潜水艇;在阳明湖举行首航典礼的那一天,我和狼狗都很兴奋地跑去参观。

在我们期待的眼神注视下,孔兆年手上拿着改造的遥控器,气定神闲地站到湖边,轻轻把潜水艇放到水面上。启动后,潜水艇微微摇晃起来,然后前端缓缓倾斜、沉进水里,只留下一个漂亮的漩涡,和狼狗张得又圆又大的嘴巴。因为潜水艇是在水底航行的,所以我们只能看见它不经意搅起的一点点骚动:几枝被擦撞摇曳的荷叶,或是三两只被惊吓而弹出水面的锦鲤。一个小时后,当孔兆年让潜水艇从原点浮出水面的时候，狼狗还不肯相信孔兆年的潜水艇真的有开出去在湖面下绕来绕去呢。

我没有心情去说服狼狗，面对这样令人感动的一幕，我只想静静地沉浸在那份完美的消失之中……我很羡慕那艘潜水艇，羡慕得几乎想要哭起来。

那时，我在心底深深渴望着能变成一个很小很小的人，然后驾驶着孔兆年的潜水艇，整天在阳明湖底下绕来绕去，把那些虾子和乌龟的眼珠子都吓得掉出来，浮到湖面上。一想到那满满一湖的眼珠子，我就得意得禁不住想要笑出来。还有什么比潜水艇更会躲藏的呢？潜水艇倏地潜入水底，消失在所有人的视线之中，在水中无声地移动着，那样地滴水不漏又没有半点缝隙，还有什么比这一小方空格更隐秘、更令人期望的呢？

孔兆年的潜水艇又重新唤醒了我记忆中最幽暗的角落，关于躲迷藏的那部分。但是，就像多年以前的那个冬日黄昏所发生的事一样，我又再一次清楚地看见自己依旧用一种拙劣、陌生的姿势躲在一个寂寞的角落里。跟孔兆年的潜水艇比起来，我只能算是蜷缩在阴暗之中而已。

每当路过孔兆年他们家的时候，我常常会想起海绵之类的东西。或许就是这个原因，所以当村子里有人把一个超大型的水族箱丢弃在他们家门口的时候，我一点也不觉得奇怪。那个水族箱真的很大，当它接满了雨水之后，就再也没有人可以移动它了。有一天，我经过孔兆年他们家的时候，看见孔兆年全身光溜溜地泡在水缸里，只露出一点点背脊，马路上一个人也没有。我急忙冲进他们家里，孔妈妈一看见我就立刻从椅子上弹起来躲进房间里去，反倒把我吓了一跳。我在一大堆旧报纸后面找到孔伯伯，然后结结巴巴地说："孔兆年淹死了……"

我几乎快呼吸不过来了，孔伯伯瞪了我一眼，然后帮我把勒在脖子上的书包背带调回肩膀上，才跟我走到门外。他站在水族箱旁边端详了一会儿，取出一支烟嘴和香烟卷，然后用火柴点上，嘴里喷出一股浓烟，问我要干什么？

干什么？！我说不出话来，因为我也不知道我想要干

什么。就在孔伯伯又喷出几团白烟,准备转身走回屋子里去的时候,我突然大喊一声:

"我找孔兆年。"

孔伯伯很不耐烦地从屋檐下抽出一截竹子,往孔兆年的屁股上戳了一下,然后又顺手把竹子插回原位。孔兆年往下沉了一些,身体转了半圈。过了一会儿,孔兆年从那个大水族箱内站了起来,他的肚皮上用吸盘吸附着一支玩具船上拆下来的水中马达,那支小小的螺旋桨还在半空中旋转个不停。他抹掉眼眶和头发上的水滴,然后用一种比我更迷惑的表情说:

"干什么?"

因为孔兆年的关系,所以我非常相信人是从鱼变来的。我相信,在很久很久以前,孔兆年还是一只鱼,后来他先长出两只后腿,再伸出两只前腿,然后他上岸。起先是用爬行的,接着又站立起来,慢慢磨掉了尾巴,最后才变成孔兆年现在的样子。

我一直相信孔兆年早晚会再回到海里去的。

宁静

后来在很多时刻，我还会不期然地想起那天孔兆年对我说的话。他说，他把自己变成一艘潜水艇了；还有，只要想象自己已经死了，变得轻飘飘了，那么水中马达就会变得力大无穷，载着人快速前进……

这就是孔兆年最新发明的潜水艇。

自从失去了玩捉迷藏的乐趣，也就是那次躲在树上哭过之后，我便失去了那分角落里的宁静，和那慢慢咀嚼一颗白脱糖的滋味。有的时候，我深深觉得，我的所作所为无非都是想要隐埋我在躲藏方面的失落感。特别是当我看见草梗上从容地发出幽光的萤火虫时，这分伤感就变得特别明显；好像只有躲藏才能为我带来可喜的空白——一小方幸福的格子。

我尝试过用很多方法来捕捉片刻的宁静，比如包裹在两层大棉被里面，把头浸到水桶里，或是待在孔兆年的防空洞内，可是依旧有不间断的杂音在我耳边嗡嗡作响。

我曾经非常渴望再次体验无声的感觉，有一次，在学校教室里考数学的时候，我意外地得到一个很好的机会。起先是天花板上吊扇的声音不见了，然后是我们导师笨重的脚步声跟着消失了，接下来，同学翻动考卷的沙沙声也不见了……我渐渐听到了自己急促的呼吸声，然后又传来血液在血管摩擦的声音，我屏息以待……考卷上的数字不见了，桌子开始向外扩大，然后，我昏倒了。

下课之后，很多同学挤到保健室来看我，把我团团围住。我感到很灰心，没想到寂寞也是闹哄哄的。

对于失去了玩捉迷藏的乐趣，我一直耿耿于怀；我的生命似乎从此缺少了什么——那种沙金一样沉甸甸又闪闪发光的东西。

有一次，我们导师一如往常地捧了一叠考卷和一根藤条从教室前门走进来，全班霎时安静下来，我知道我的时候又到了。他穿了一件西装裤，是我最喜欢的深灰色，我总是在老师处罚我的时候低头看着他摆动的裤脚，那样可以令我分心，减低疼痛，其中又以灰色给人的感觉最好。打完了，疼痛的感觉慢慢降低，宁静的感觉慢慢升高，剩下来的，是一整天美好的时光在向我招手。有时，那分喜悦的感觉会无意中升得很高，高到我必须很小心翼翼地掩饰它，以免被老师发现。

那次挨打特别令人高兴的原因是：我第一次听到"游手好闲"这四个字，并且立刻就喜欢得不得了。我们导师虽只是脱口说出，对我却是意义非凡。一整天，我像只躲在桑叶间的蚕儿一样偷偷咀嚼着这个词句，一株新生的幼苗在我心底悄悄发芽，迎向阳光，伸出窗外……我想，当时如果我真的可以立下一个志愿的话，那便是成为一个游手好闲的人。每当想到这里，我的脑海里便会浮现一个皮肤黝黑，终日浸在水里，无所事事，不时划动双手的少年。他每拨动一下流水，成群的金色小鱼便游梭起来，把水面织成一匹泛着银光的白布，四周宁静无比。一会儿，少年又再度潜入水里去了。

后来，我变得不怕挨打了，反而有些期待。我想不出来，除了躲藏之外，还有什么比游手好闲更能让人觉得充实？

角落

我总是对一些阴暗的角落特别感兴趣，有时候，我会把小水沟上的木板盖子掀开来，看着沟底一层墨黑的淤泥上，有许多细小的孑孓在尽情地扭动着。这些阴沟里的小生命真的非常迷人，像是一群在黑暗中狂欢的幽灵。如果我用手电筒打一束光到水里，为它们升起一堆营火，它们便会像一大群印第安人那样跳起舞来。我想，它们是那样地喜爱黑暗，所以实在没有不热烈庆祝的理由。

我也很喜欢我的房间，因为它只有一个很小的窗户，小到使我觉得好像钻进了一辆火柴盒小汽车里一样。每到晚上，当我假装在房间里做功课的时候，我很喜欢从那扇小小的木窗看出去，望着满天的星光痴痴地想着：这时候，在那遥远又寒冷的月球上，有一个叫作吴刚的人正在挥舞着沉重的利斧,朝着那棵怎么也砍不倒的大桂树挥去,汗如雨下;而我则是在距离遥远又寒冷的地球上,从一扇小小的窗口里默默地望着他,和他一样一无所获。这个想法,曾经带给我少许朦朦胧胧的幸福感,我有几次在这样的宁静中沉沉睡去,至今依然回味无穷。当然,我的美梦也不乏被惊扰的时候,比如狼狗他爸就时常传来震天价响的咒骂声,仿佛夜袭的敌机临空一般。

那年狼狗十五岁,他老爸平均每四小时便咒骂他一次。如果狼狗不在家,他老爸就骂狼狗他姐和他妈;如果他们都不在,我就当作是骂我,可惜这种机会很少。那种感觉真的非常奇特,令人难忘:一个苍老又愤怒的声音隔了一条小巷子对着我大吼大叫,而我却完全不痛不痒,不需躲藏,也不必出现,只要稳稳地躺在床上享受那份像旧电扇一样嗡嗡作响的宁静就可以了。

狼狗很讨厌别人叫他狼狗。有一次,我们班的讨厌鬼庞建国牵了他们家的大狼狗出来炫耀,那时,我和狼狗正躲在孔兆年的防空洞里抽香烟,庞建国就在离我们洞口不远的地方向几个小鬼吹嘘,说他的狗有多厉害,又多么会保护主人,说到得意之处还不忘叫狗表演一番。后来庞建国把拖鞋扔出去,叫狗去咬回来,但它只是吐着舌头站在原地不动。那些小毛头鼓噪起来,庞建国急了,就狠狠地踹起狗来,同时,我和狼狗都清楚地听到洞口外传来庞建国的咆哮声:"死狼狗,废物!"接着又是扎实的一脚,继之传来大狼狗哀怨的号叫声。那时,狼狗咬着半截香烟,鼻孔喷出两道白烟,双手插在皮腰带上走到洞口,然后圈起手指吹出一个尖锐的短哨声,对庞建国招招手。那群小毛头一哄而散,我看见庞建国的脸色立刻转为青白,颤抖得比他的狗还要厉害。

进了防空洞之后,狼狗迎面给庞建国一巴掌,然后叫他在狗的前面举椅子半蹲。过了差不多十分钟,庞建国满身大汗,眼泪和鼻涕一起流到嘴唇上,椅子摇晃的幅度也愈来愈大。后来,狼狗叫庞建国明天拿一条香烟到学校给他,然后叫他离开。我把庞建国举在半空中的木椅子拿下来,过了好一会儿他的手臂才能弯曲。庞建国拖着僵硬、颤抖的身体,用一种很怪异的半侧身的姿势走出防空洞。我看见他走在狗的后面,落后的距离愈来愈大。从此以后,我们班除了孔兆年和我之外,就再也没有人叫过狼狗的绰号了。

其实狼狗并不讨厌狗,只是他更喜欢狼一些。纹在他胸前最早、最大的那块刺青就是一只狼的头,那是狼狗第一次进少年监狱里的收获。那个狼头真的挺唬人的,眼球和舌头的部分是红色的,脖子上的毛像仙人掌刺一样叉出来,又密又尖,好像随时准备攻击厮杀的样子。那时,他在监狱里便起了一个外号叫野狼。

狼狗每进监牢一次,出来的时候,身上就会多了许多刺青和胆量,最后,他身上几乎快刺满了,所以胸前的狼头就看起来不那么龇牙咧嘴,变得有点像狼狗了。有的时候,我觉得狼狗是一个有点喜好渲染的人,他喜欢把生命的痕迹留在身上,这样他才能每天都看得见自己的梦想。狼狗身上的刺青大多是他自己刺的,金鱼、鬼脸、火山、青龙等等都是他用一束扎在一起的绣花针和一面镜子独力完成的。他很不满意背上的那个半裸的日本艺妓,因为那是他同房的牢友帮他刺的,他愈看愈不满意,于是又叫人在那艺妓裸露的大腿上也刺了一个很小的狼头,小得像一个疤。

　　狼狗和监牢真的很有缘,我们三个平常在防空洞里玩"大富翁"游戏的时候,狼狗就经常被关进"监牢"里去,而孔兆年总是那个默默地盖了好几间别墅的大富翁。那时候,只觉得一堆假钱在那儿转来转去的很有意思,后来才渐渐了解为什么玩大富翁要掷骰子,为什么盖了房子的地方会提高过路费,为什么一路上常常会遇到"机会"和"命运";还有,为什么进监牢比盖别墅容易得多⋯⋯

　　我们家后门外边是一条阴暗潮湿的小巷,小巷将两排平房隔开,狼狗他们家就这样和我们家背对着背。我很喜欢窝在我的小房间里竖起耳朵来听狼狗和他老爸互相咒骂的对话,我实在很喜欢那种既熟悉又陌生的感受,所以,即使在安静的夜晚,我也能轻易地回想起那些有

点模糊、飘浮在空气中的一些片段:

"王八羔子,你哪点像个人啊?"
"老屌不服气学一学。"

"你他奶奶的死在路边都没人收你!"
"口渴啦?"

"去,给我叫人,叫警察来带走!"
"鸡巴毛,当你们家警察很忙哪——"

  回想这些对话的时候,我很不好意思地觉得开心极了。

  那年我十三岁,我最好的朋友是孔兆年和狼狗,一个几乎不讲话,一个用自己的方式讲话;一个躲着全世界,一个则是全世界都躲着他。

黑色的声音

何雅文是我们班上最漂亮、最受老师喜爱的学生。上课的时候,我常常望着她的两根黑辫子偷偷地想着:万一有一天何雅文发现自己竟然变得和我一样一无是处,没有半点才能的时候,她会不会也想要找一个地方躲起来呢?这个问题一直困扰着我,即使放学回到家里也是如此,因为何雅文就住在我们家隔壁。

何雅文她们家的客厅和我的房间隔着一道墙,我时常躺在床上一面听她弹琴,一面胡思乱想一些没有趣的问题。何雅文经常会弹奏一些简单而优美的教会歌曲,琴声从墙那头传来,变得遥远又柔软,好像一艘向我漂来的小木船。有时,琴声又像波浪一般令人昏昏欲睡,好像躺在摇篮里似的,这就是我最快乐的时候。

何雅文是我们学校合唱团的钢琴伴奏,我时常在放学后躲在音乐教室外面的大树上偷听他们练唱;每当夕阳的光芒从树枝间漏下时,我一个人坐在大树的臂弯里,心里总会有一股想要加入他们的冲动，可是我没有勇气，我只有看着太阳慢慢落下而已。

有一天，我听到合唱团正在练唱那首《在银色的月光下》：

在那金色沙滩上，洒着银色的月光

寻找往事踪影，往事踪影迷茫

寻找往事踪影，往事踪影迷茫

轻柔的歌声像是金色的稻子一样推来推去，我不知不觉也跟着左右摇摆起来，差点儿就从树上掉下来。突然间，我想，为什么不加入他们呢？总不会比从树上掉下来还糟吧？于是我鼓起勇气从树上爬下来，在合唱团结束了例行的练唱，大部分人都离开之后，我才溜进音乐教室里去，吞吞吐吐地把我的愿望告诉何雅文。我想，我一定是紧张得半死，所以在何雅文还来不及开口之前，我又急忙地说：

"没关系,那就算了吧。"

"为什么不试试看呢?"何雅文用她那双黑色的大眼睛看着我,我的头低得更低了,我觉得何雅文说话的声音就比我唱歌强多了。我看着自己那双旧皮鞋上的好几处刮痕,对自己的决定后悔不已。

"唱一小段试试看好不好?"

当音乐老师这样说的时候,我真恨自己没有勇气立刻扭头跑掉;我只是看着她身上那件白色的连身长裙,点点头。

何雅文先把整首歌曲从头又弹了一遍,我就站在她身旁,目不转睛地看着谱架上的歌谱,随着摇篮似的琴声在心里轻轻哼着,哼着哼着,我的心情奇迹似的放松了,我循着波浪般的悠扬琴声在心底唱着:

寻找往事踪影,往事踪影迷茫

寻找往事踪影,往事踪影迷茫

唱着重复的歌词,我的脑海里像一股浪花似的激起了一些零碎片段的往事:

我爸爸打着赤脚不知走了多久,醒来之后发现自己置身在一片坟墓堆里……

我看见自己用一种很怪异的姿势躲在树上,孔兆年那一双空洞而没有表情的眼球对我视而不见……

一颗颗青荧荧、忽远忽近的萤火虫,漂荡在草丛里,像一群失眠的鬼魂……

庞建国脸色发青,颤抖得比他的狗还厉害……

孔兆年把水中马达贴在肚皮上,像一具尸体似的沉入水里,向前方快速航行而去……

在何雅文弹到第二遍的时候,我突然高声唱了出来,就像在玩捉迷藏时被人发现了那样,我冲出黑暗的角落,发出一声嘹亮的长音!

>我骑在马上,天一样地飞翔
>
>飞啊飞啊我的马,朝着他去的方向
>
>飞啊飞啊我的马,朝着他去的方向

唱完这三句之后,何雅文停了下来,接着是一段沉默。何雅文仰头望着音乐老师,音乐老师望着我,她说:"你的高音音色很好,加入我们一起练唱好不好?"

我像做错了事一样,头低低地看着何雅文雪白的长袜子。

合唱团每天例行的练唱变成我最期待的时光,特别是练唱完毕之后,和何雅文一起背着书包走回家的那一小段路程。

我们总是沿着学校侧门的小路走回家,经过校长宿舍的时候,从高高的竹篱笆里伸出的一排九重葛,把小石子路点缀得像是一个结婚礼堂的步道,金色的夕阳从绿油油的叶子和紫红色的小花之间照射过来,空气中弥漫着一股甜滋滋的香味。走在那段小路上,我总是不由得感伤起来，我不敢相信自己竟然扮演着一名幸运的角色。我想，如果真有上帝的话，祂一定不会这样安排的。

何雅文好像并不知道她的歌声比琴声还更好听，我也不敢告诉她，我怕她会因而吝于在我们回家的路上哼唱我们刚刚练习过的歌曲。她的嗓音非常甜美，带有一种清淡的水果香味，从此我再也没有听过那么清脆，泛着白瓷光泽的歌声了。为了能多听一些何雅文的歌声，我时常故意请她教我唱一些比较难记住的歌词，或是容易唱错的节拍，但是，这段路就像所有的歌曲一样，总是不知不觉地通向一个寂静无声的结尾。

回到家，我时常在吃过晚饭、洗完澡之后躲进我的小房间里，等待隔壁传来何雅文的练琴声。有时，在等待中，我会把房间的灯关掉，平躺在床上，看着月亮从我的窗口慢慢升起；在黑暗中，我的寂寞竖起了耳朵，我像一只蝙蝠那样渴望着声音，仿佛只有声音的波动才能让我辨认周遭的一切。

何雅文练琴的时间是每天晚上七点到八点，她通常会先弹几首轻快的小曲子，然后才开始弹奏福音歌曲，一首接一首地弹。快接近八点时，她时常会停顿个一两分钟，最后再弹一首优雅的曲子作为结束。结尾的这首曲子是我最期待的部分，我总是在这个时候听到何雅文用她独特的方式对我说话，在那些琴音发出像流星滑落湖面的泠泠水声时，我总觉得，何雅文即使永远不能再说话也没有什么关系了。但是，也有些时候，何雅文并不会用这样的曲子来结束一天的练习，特别是何伯伯在一旁听她练琴的时候。那时候，何雅文会朗读一段圣经上的章节来做结束，每读几句，何伯伯便用很洪亮而虔诚的声音加上一句："哈里路亚——赞美主！"像一个坚定的节拍器那样规律。接下来，是一小段简短的祷告。我记得我总是不能像何伯伯那样流利顺畅地把祷文背诵出来，不过，我也在我的小房间里加入他们父女的祷告，想象自己正在用一种卑微的声音腼腆地向天父诉说一个贪婪的心愿。

何雅文大概永远也不会知道我曾经那么不由自主地加入她们的祈祷，我也从来没有透露自己每天都在听她练琴的事。我想在寂寞之中品尝那些可爱的声音,就像在躲迷藏游戏中,蜷缩在一个黑暗的角落里,聆听同伴向我寻来的脚步声。

当何雅文结束了例行的练习之后,一切都沉静下来,耳畔只剩下远处不知名角落里传来细小的虫鸣。我平躺在床上,从木窗格望出去,一朵朵淡淡的云絮拂过银色的月亮,发出静电摩擦的沙沙声。

有一次,这样躺着不动一段时间之后,整个世界开始慢慢融化起来。屋顶上的瓦片开始像沙漏一样变成细小的粉末掉下来,屋梁里的白蚁如割草机一般横扫而过,墙壁像冰块那样冒出水滴和白烟;而我却像一支蜡烛那样融化着,透明的蜡油沿着我的指尖滴到地上。

我学孔兆年那样想象自己已经死了,变得轻飘飘了。我像电视上的太空人那样浮在半空中,轻轻地翻转僵硬、笨拙的身体,慢慢向前滑行,向无垠的黑暗慢慢游去……我来到我爸爸铺着榻榻米的房间上空,看见他正盘腿坐在小方几前面剪报纸,剪刀穿过报纸发出干干的啜泣声。我飘浮在半空中继续融化着,我看见我爸在刚剪下来的那首诗背面沾上糨糊,他的鼻孔呼出苦涩的浓茶味。我身上滴下的热油流向客厅,我妈坐在草绿色胶皮沙发上看连续剧,一边看,一边为身世凄凉的女主角流眼泪,她用手把泪珠抹掉,然后转头看看四周,才放心地抿着嘴哭出一点鼻音来。

一阵强风吹过,把我卷到空中,我们村子慢慢缩小,变成了透明的玩具模型。

我看见狼狗的床头上放着那支从军乐队偷来的小号,上面长满了绿色的铜锈,他趴在床上,呼吸顺畅,像一只小狗那样肚皮规律地上下起伏着。

狼狗他爸坐在藤椅上,幽幽的月光照在他的灰发上;他一边咒骂,一边用木剑的尖端往水泥地板上戳打,发出坚硬如核桃的声音。

狼狗他妈用蓝色的围裙束着腰,像一只工蜂那样不停地在厨房里擦拭桌椅、洗手台和排油烟机。她洗碗的时候被一个瓷盘的缺口勾破了手指,鲜红色的血慢慢地渗出来，一点声音都没有。

何伯伯戴着老花眼镜在收拾过的餐桌上念圣经，他像公园里的铜像那样打直了腰杆，每念几句便发出一声："哈里路亚——赞美主！"一阵微风从纱窗外吹进来，簌簌地吹动了几页书角。

何妈妈坐在那块"基督是我家之主"的木牌下吃着葡萄干，空气中散发出一股甜甜淡淡的酒味，她手上还掐着半颗刚咬过的葡萄干，默默地看着长方形茶几上的一盆塑胶花发呆。

何雅文的姐姐何雅萍坐在书桌前，一只脚跨在桌沿上，桌上有一本摊开的爱情小说（从吴家小铺租来的），和一瓶打开盖子的紫色指甲油。她专注地弓着身子，把指甲刀伸向脚趾头，咔——

我看不到何雅文。她的钢琴黑键上泛着一层薄薄的油光。浴室的水龙头是开着的，热水哗哗地打在浴缸里，洗手台上白兰氏鸡精的小玻璃瓶里伸出两叶嫩绿的黄金葛，蒙蒙的水汽中，黄金葛柔软敏感的新芽和何雅文一样是透明的。

讨厌鬼庞建国一手端着国文课本,一手揪起一绺头发,焦急地背靠在三夹板门后,嘴里像乩童一样发出快速蠕动的喃喃声。庞伯伯从客厅那头喊他出来背课文,他的手上拿着一枝细细长长的藤条,在空气中试挥了几下,藤条在呼呼声中绷成了一个弧形。

孔兆年不在他的防空洞里,那盏五烛光的小灯兀自晕晕地亮着,他开着他的潜水艇沉到阳明湖底去了。他把脸贴在潜水艇的圆形玻璃窗上,看着窗外的荷茎、锦鲤和乌龟发呆。湖底沉静得像月宫一样泛着淡蓝色的毫光,水中马达尾端的螺旋桨悠然地旋转着,搅起一长圈细细的水泡,水泡慢慢胀大,浮到湖面上来,发出清脆连续的破裂声。

后来,我飘浮在我房间的屋瓦上空,像一张被风吹远的废纸。我看到我躺在木板床上,像一只死老鼠。我发现自己用一种很陌生的姿势躲在一个阴暗寂寞的角落里。我奋力划动双臂,转过身去背对自己。我的泪滴从空中滚落，穿过屋瓦，滴在我的额头上，发出一串冰冷的水声。

魔术

有很长一段时间，我觉得马是会飞的。

马在跑的时候，我们看不见它的翅膀，就像鸟在飞的时候看不见脚一样。我认为世界上最美好的东西都是看不见的，譬如何雅文的歌声，或者是孔兆年的潜水艇。

我把这个令我着迷的想法告诉狼狗，他很有耐心地听我说完，然后若有所思地点点头。过了两天，他不知道从哪儿弄来一辆嬉皮摩托车，前轮的挡泥板上方还有一只金光闪闪的老鹰。他骑到防空洞外面，油门加得像放鞭炮似的，然后把我和孔兆年从防空洞里喊出来，说：

"怎么样，会飞的马，屌吧？"

我感到颇为失望。孔兆年围着车子转了一圈，想把化油器上的油管拆下来用，狼狗把车子一歪，加足了油门一溜烟儿闪了，他从车上站立起来回头对孔兆年说：

"切你妈个头——"

那段期间,我时常不知不觉地在心里反复唱着那首《在银色的月光下》:

> 我骑在马上,天一样地飞翔
>
> 飞呀飞呀我的马,朝着他去的方向
>
> 飞呀飞呀我的马,朝着他去的方向
>
> …………

哼着哼着,我的心里便会浮现那个无所事事、游手好闲的少年。在万籁俱寂的夜空下,皮肤黝黑的少年在波光粼粼的金色海面上随波逐流,载浮载沉……海平线的那端,无垠的银色月光里,一匹泛着蓝光的白马像流星一样划过天际。面对这幅景象,少年眨眨眼,停止了滑动,只露出头部在水面上;然后,他像一艘潜水艇那样再度沉入水里去……四下优美寂静,连一声叹息也没有。

我不时地会想起这个身体瘦小、皮肤黝黑、优游于汪洋大海的少年。有时，我想象那就是我自己，但大多时候，少年的脸孔会从一个模糊不清的灰影中，慢慢显现出鼻子、嘴唇、眼睛，然后，我看见了孔兆年。

对于自己那么容易沉溺在一些不副实际的胡思乱想之中，我感到百思不解，后来，我才渐渐发觉这是一点也不足为奇的。

有一天，那是一个平凡的周末下午，离我们村子不远的体育场中央临时搭了一个很大的帐篷，狼狗带着我和孔兆年从帐篷入口另一头钻进去的时候，大象表演刚刚结束，我们挤到观众席最前面的地方，紧挨着表演台席地而坐。孔兆年在走道上捡到半盒爆米花被狼狗一把捞走。下一项表演者出场的时候，狼狗的口哨声吹得特别响，听起来还带有一股浓浓的奶油味。

灯光霎时暗了下来，只剩下一束光打在舞台中央。一个穿黑色燕尾服的大鼻子外国人手上举着一把大锯子，另一个露出半边屁股的金发女子躺在一张大桌子上，大鼻子魔术师不慌不忙地拿出一个黑盒子扣在她的脖子上。

光束闪烁起来，急切的鼓点像上满了发条似的绷得紧紧的。大鼻子拿起锯子往那女的脖子上刷刷锯下的时候，我的嘴巴张得大大的，狼狗的眼珠子差点儿没掉到爆米花的纸盒里去。全场响起沸腾的掌声，大鼻子走到我们面前，从狼狗的手上拿起一颗爆米花放进那个女的嘴巴里，她面带微笑地咀嚼起来，还对狼狗眨眨眼睛。

马戏表演结束之后，狼狗用他的嬉皮车载着我和孔兆年去"补习班"（欣欣百货地下一楼的小电影院）。和往常一样，狼狗跟看门的袋鼠明互相骂了一句脏话之后，就领着我和孔兆年大摇大摆地走进去。我有点不好意思地低着头，孔兆年则是一脸无所谓的样子，就像是走进文具店里那般自然。袋鼠明这个绰号是狼狗帮他取的，因为他老是拎着一个大红色的登山背袋去狼狗他老爸的吴家小铺租小本的，一租一大袋，租完便两手穿过背袋，兜在肚皮上，鼓鼓的袋子往下坠，脖子底下两只手臂细细的，真的很像一只袋鼠。

戏院不清场，唱完"国歌"放宣导短片，电影结束后休息十分钟又唱"国歌"。地面上到处是瓜子、花生壳，铺得厚厚的一层，摸黑拣位子的时候，脚踩在上面咔吱咔吱地响。我一直很喜欢这种没人扫地、没人聊天的调调儿，坐在座位上，好像藏在一个史前的石洞里。

我注意到在前排正中的座位上经常坐着一个胖胖的、戴眼镜的中年人，他的头皮光秃秃的，随着影片正反射不同强弱的光谱，我每次来都会看见他的后脑袋。

那天，狼狗去贩卖部跟袋鼠明的马子小娟要瓜子和面包的时候，片子突然中断，天花板上的日光灯管闪了三次。孔兆年机伶地拉着我躲到贩卖部的贮藏室里和狼狗会合。后来走进来两个"条子"，袋鼠明跟在后面。"条子"走到前排查问那个胖胖的中年人，我们三个躲在一排泡面箱子后面，同时听见那头清楚传来袋鼠明说的这句话：

"他是个瞎子啦！"

我们三个面面相觑，实在很想大笑，狼狗比了一个手势叫我们不要出声，自己却憋不住用嘴巴猛啃纸箱子。

之后，我们三个去"补习班"经过袋鼠明的时候，总要指着对方说:"他是瞎子啦!"然后装成瞎子攀着前面人的肩膀慢慢鱼贯走进去。这句话成了我们免费通行的暗语。

那个秃顶的中年人依旧坐在他的老位子上,依旧比我们早到,比我们晚走。

我始终相信他真的是个瞎子。

墙

在一次放学回家的路上,我突然很莫名地想把内心深处埋藏已久的那句话告诉何雅文。

或许是那天阴沉的黄昏带给我的影响吧,当我们和往常一样走在学校侧门的小路上时,空气中弥漫着一股潮味,天边的晚霞薄薄的像是一抹炭火的余烬。经过校长宿舍围墙的那排九重葛时,我往红砖墙里望去,晕黄的光线从枝条背后的玻璃窗格里透过来,不断随着屋内电视机的画面波动着……

起先，我随意地说着一些无关紧要的话，在一小段沉默之后，我刻意压低了嗓音，喃喃对自己说道："我觉得马是会飞的，马在跑的时候，我们看不见它的翅膀，就像鸟在飞的时候看不见脚一样。"

我的声音愈来愈小，说完，我低头看着路边的野草和垃圾。

没想到何雅文不但听见了我说的话，而且她说，每当在伴奏那首《在银色的月光下》时，随着摇篮似的音符，心中就会浮现一个无垠的银色夜空，在柔和的月光下，波光粼粼的海面上闪烁着细碎的金光，遥远的天边，一匹白马像流星一般划过天际。何雅文接着说，每当心中浮现这个景象时，她总是想象自己向沙滩走去，海面上缓缓漂来一张柔软的毯子，她走进金色的波浪里，躺在毯子上，向着远方漂去，渐渐消失……

听完何雅文的描述，我觉得想哭。

我们从村口写着"实践一村"四个红漆大字的水泥柱往村子里走去，夕阳的余晖从枝叶的间隙里撒下，数不清的光束随着我们移动的步伐闪烁着。我抬起头,看见耶稣就在孔兆年家的大榕树背后向我微笑,他穿着一身米色的牧羊人袍子,手持一枝细细长长的木杖,一头银灰色的长发卷曲如水花。我偷偷瞄着身边的何雅文,她的脸颊被晚霞敷上薄彩,空气中忽然传来一种朴素的香气,像是刚刚削完铅笔的味道。我很想牵着何雅文的手,像一只无知的猴子那样在马戏团的帐篷里绕场一周,可是我没有勇气,我把双手插进裤袋里去。

那天,我站在何雅文她们家门口像往常一样和她说再见,她推门走进去之前,有非常短暂的一瞬间,我毫无畏惧地看着何雅文的眼睛,她发现了,便不知所措地笑着。我赶紧低下头来。

我没有立刻回家去,我想,我是在等待黑夜的降临,然后,我便可以像一只不慌不忙的萤火虫,从小河边的芒草秆里荡出来,或者说,从一个阴暗的角落里幽幽地飞奔而出……当时,我一定是快乐得全身上下都散发出一层青光来,所以在巷子里的红砖墙和灰瓦上,仿佛我们村子里所有的野猫都围过来了,连那只从前被我戏弄过的大黄猫也远远地从一丛圣诞红后面望着我。

我向四周观察了一下,在暮色的掩护下,我斜挂着书包,用力伸手攀住何雅文她们家的围墙,然后,就这么吊在墙外往里面偷看。我看见圆形的白色餐桌上有一锅紫菜汤正冒着热气,何雅文她爸爸正合起双手低头祷告,何雅萍趁机掐起几片青绿色的豌豆塞进嘴里。何雅文也合着双手,我看见她垂下的刘海在鼻尖上轻轻地摆动着。

我使劲地支撑起体重,吊在半空中,可是还没等到祷告结束,我就像一块石头那样掉回到地面上。那群野猫还三三两两地伏在墙头和屋瓦上盯着我,我也不怀好意地看着它们。

我还是没有回家,过了一会儿,不觉又弯出巷口,往村尾的防空洞走去。

在那一盏昏黄的小灯泡底下,我看见孔兆年正在挖开潜水艇的肚子,他说他要改善电力的装备,好让潜水艇可以在水底航行得更久。

我在防空洞里不安地来回踱步着,书包晃来晃去,愈晃愈沉重,几乎压得我快透不过气来。看着孔兆年孤单瘦小的身影,我不禁难过起来。我在这一小方椭圆形的空间里绕来绕去,洞口外,光线照不到的地方是一片无际的黑暗。我觉得愈来愈冷,好像置身在一个大冰箱里。突然间,我用发抖的声音对孔兆年说:

"为什么不在潜水艇的前面装一个灯呢?"

孔兆年放下手上的烙铁,转过头来看着我,露出非常不解的表情:

"装灯做什么?"

我记得,我是从防空洞一路跑回家里去的,经过何雅文她们家门口时,我好像快要飞起来似的。我从来不知道自己竟然可以背着一个大书包跑得这么快,连那只曾经被我剪掉胡须的大黄猫都吓得从墙沿上跌了下来,那丛圣诞红的叶子也被猫爪扯破,流出了白色的乳汁。看着地上的碎叶片,我心底的窃笑化作一团拥挤、细小的水泡,不断地上升扩大,发出像豆荚绽裂般的清脆声。

吃过晚饭后,我和往常一样在小房间里等待何雅文的琴声从隔壁传来。那天,何雅文弹奏了一首我从未听过的曲子。或许,那对何雅文来说也是一首全新的曲子吧,我猜想她是盯着乐谱练习的,虽然弹得不顺畅,我却听得入神,仿佛可以感觉到何雅文的手指轻轻地按在琴键上,柔缓地,像一只瓢虫降落在一片花瓣上。

美中不足的是,因为已经到了读诵圣经的时间了,所以,何雅文的练习就在何伯伯翻动纸页的窸窣声中结束了。我从床上坐起身来,望见小木窗外的月亮刚好是一个半圆形。

我走到客厅去,电视是开着的,随着画面的切换,白色的墙壁上映照出不断流逝变换的光影。我妈在厨房里煮红豆汤,一股甜甜的香味从走道那头飘来。我听到汤锅上的盖子被蒸汽掀动的声音,像一个想要开口说话的贝壳。我深陷在沙发上,好像被一团棉絮包裹着,我觉得自己变成了一个沙漏,一股细细的白沙,正无声地往下渗透、流散。我听见沙粒降落的声音。

我爸房间里那台老收音机是开着的,我听见寻找节目时电波滋滋响的杂音,还有剪刀裁过报纸发出像枯叶的声音。他打开糨糊罐,在他的剪贴簿上用手掌重重按了一下。保温杯的塑胶盖子被掀开来,他在杯缘吹了一口气,热气模糊了他鼻梁上的镜片。

我妈又坐回到客厅的沙发上看连续剧。锅里的红豆汤是热的,天花板上的灯泡被关掉了。

我坐到厨房的圆椅上,我知道红豆汤里的砂糖已经溶化了。瓦斯炉上的铁支架刚刚被烧红过。蚂蚁开始围拢过来了。

一只短脚的胖蜘蛛在排油烟机的右上方结网,它像一个没有心事的裁缝那样地准确。

我回到自己的小房间,坐在书桌前面,对着墙上一帧巴掌大的黑白照片发愣。那是一张万里长城的图片,我从孔兆年的防空洞里捡回来贴到墙上的。

据说,这张照片是美国太空人乘火箭飞到月球上拍摄下来的。我趴在桌上痴痴地想着,这是不是人类有史以来最大的一场捉迷藏游戏的遗址呢?

　　我觉得这张照片最动人的地方并不在于表面的东西,万里长城是很壮观,但是更令我感到讶异的是拍摄这张照片的太空人。是什么力量让他们挣脱了地心引力,一路冲向月球?阿姆斯壮、奥德尼、葛林,这三个在捉迷藏的历史上躲得最远的人,当他们从那么遥远的地方鸟瞰家乡时,那又是怎样的一幅画面呢?当他们凝视自己的星球时,会不会觉得其实躲迷藏是一种很寂寞的游戏呢?

　　这张照片也时常让我想起那个遥远的冬日黄昏,我藏在那棵大树上,孔兆年慢慢向我寻来,然后,他像一个面无表情的太空人那样看见我躲在枝条间的阴影里,就在那一刻,我们之间突然延伸出两个星球之间的漫长距离……

阴影

　　初二那年的中秋节前一天下午,放学打扫教室的时间,我偷偷塞了一张小纸条到何雅文的抽屉里,约她隔天一起去欣欣百货看美国太空人带回来的月球岩石特别展览。我写着,本来是打算自己去的,只是随口问问,如果不能同行的话,希望不要让别人知道这件事情。放纸条的时候,因为害怕被其他同学看见,我的手有些颤抖,一不小心被抽屉里凸出的小铁钉刺了一下,好像被什么东西给咬了一口的感觉。

晚上,我爸搬了藤椅、小茶几在院子里喝茶、乘凉,他指着月饼盒子上"婵娟"两个字问我是什么意思,我看见印在盒盖上的嫦娥,就回答是"美女"的意思。说完,我爸骂我是废物,他说婵娟就是天上的月亮,月亮上有一只玉兔,如果用手指着兔子嘴巴许愿,愿望就会实现,可是代价是手指头会被玉兔咬断拿去捣仙药。

我爸进屋里去之后,院子里只剩下我一个人,和那棵飘着淡淡香气的桂花树。我抬起头看天空,月亮表面有一些不规则的黑影,看着看着,好像真的是一只兔子的形状。为了怕被爸妈看见我的怪异举动,我飞快地举起略微发抖的手，指向兔子的嘴巴许了一个愿望，然后立刻把手抽回来，生怕被咬到似的。

隔天起床之后，我的手指还在。我坐公车到市中心去，在欣欣百货大门口等了一个多钟头，何雅文果然没来。我漫不经心地随着蜂拥的人潮往展览会场的方向钻动，不晓得过了多久，爬了几层楼梯，才挤到展出月球岩石的地方。围观的人群挡住了我的视线，我只能从角落里远远地望见玻璃橱窗的一角，动弹不得。我记起我爸昨天说的玉兔，不禁猜想，月亮上的石头一定像玉一样散发出柔美的光线吧！

好不容易，等到我被后面的人挤到前面去的时候，就只能歪着脖子匆匆看了一眼，便又被挤往出口去了。那是一块拳头大小的石头，黑漆漆的，上面还有一些纹路，一边较尖，一边略扁，跟我想象中的完全不一样。

独自回家的路上，昨天下午被铁钉刮伤的手指开始肿痛起来，经过何雅文她们家的时候，我不自觉地加快脚步，几乎跑了起来。

晚上赏月的时候，我爸问我从月亮上摘下来的石头好不好看，我突然想起在展览会场上一位老先生说的话："什么玩意儿——不过像只被压扁的癞蛤蟆罢！"我想，那块石头大概是取自月球表面的阴影部分吧！

爸妈都进屋去之后，我看着天上的月亮，好像有一只蟾蜍的形状在上面。我又许了一个愿望，希望明天何雅文会把我留纸条这件事忘得一干二净；不过，我没有用手去指那只癞蛤蟆的嘴巴，我大概是不想为了一个这么渺小的心愿而冒险吧！

跑道

何雅文到底有没有看到我留在她抽屉里的纸条，我大概永远也不会知道了。

中秋节隔天，何雅文没有来学校上课，后来上课的时候，我才听到我们导师说早上何伯伯来学校替何雅文办了休学的手续，因为她将要随教会里的牧师一起到美国去念音乐学校了。不知道为什么,听到这个消息,我觉得轻松不少。我像一只蟾蜍那样吐了一大口气。

尽管如此,整整一节课,我还是心不在焉地望着何雅文的座位。从前总是垂在椅背上的那两根黑辫子不见了,我不断想着,以后放学回家的路上,我再也听不见何雅文轻轻哼唱歌曲的声音了。

下一节课,为了挑选出参加校庆运动会大队接力的选手,我们导师叫大家换上体育服装,然后到操场集合。

我们导师把全班分成十组,每组五六个人一起跑,然后用马表挑出正式比赛的选手。他站在终点线上,煞有其事地拿了一支汤勺子和一个铅桶来敲。

我和孔兆年被分在同一组,准备起跑时,我弓起身体,看着前面最远的地方。一股莫名的恐惧从我的脚底升上来,一直传到我的指尖和发根。我觉得自己仿佛已经等待了很多年了,可是却久久未曾听见"铛"的一声传来。那时,我的脑中开始浮现一片刺眼的亮光,渐渐地,大片的光点开始起伏、闪烁……成群的金色小鱼在我四周游梭起来，把水面织成一匹泛着银光的白布……四周宁静无比，一个皮肤黝黑、终日浸在水里、无所事事、不时划动双手的少年在远方载沉载浮着……在柔和的月光下，波光粼粼的海面上跳跃着细碎的金色光点，何雅文伫立在无垠的沙滩上，看着海面上缓缓漂来一张柔软的毯子，她无声无息地走进金色的波浪里，躺在毯子上，从我身边漂过……我听到"铛"的一声从终点线传来，一匹泛着蓝光的白马像流星一般划过天际，消失在我的背后。我没有回头，我站在海面上，朝着毯子漂逝的反方向快速跑去……何雅文躺在毯子上，朝着我背后的方向快速流去，我一点也不难过，反倒觉得轻松不少……我们争先恐后地奔回起点，发出一声划破寂静的尖叫声。我觉得自己好像一只蟾蜍那样吐了一大口气……皮肤黝黑的少年浮在水面上，他眨眨眼，停止划动，只露出头部在水面上，我朝向他快速跑去，他的脸从一个模糊不清的灰影慢慢浮现出鼻子、嘴唇、眼睛，然后，这一次，我看见了我自己。

那天放学之后，狼狗还一直津津乐道地回忆说，我和孔兆年几乎是同时跑到终点的。他站在跑道边的草地上，看见我和孔兆年并肩冲刺，一样的速度、一样的姿势，远远看过去，好像只是一个人和他的影子在一条狭窄的轨道上没命地奔驰着……

我从来没有想过我可以跑得和孔兆年一样快，或者说，我从不知道我也可以钻进一艘力大无穷的潜水艇里去，然后变得轻飘飘地快速前进……

正式比赛那一天，我们导师把我安排在最后一棒，负责冲刺。

比赛开始的时候，狼狗和其他班级的选手站在起跑线上。"砰"的一声枪响，狼狗像一头野兽似的冲出去，把其他的选手远远甩在后面。我们导师兴奋地挥舞着小旗，加油的声浪震天价响。

狼狗愈冲愈起劲，仿佛背后有警察在追他似的。我们班一路遥遥领先，直到讨厌鬼庞建国跌倒为止。庞建国吃力地用双手撑住身体的重量站起来，他的膝盖上沾满了沙子，两道血柱流到了脚踝上。我站在其他的选手中间，看见庞建国痛苦地捡起棒子，一跛一跛地拖着他的身体向前跑，耳边传来全班加油、吼叫、怒骂和叹惜的声音，这些巨大的声响变成了一团咆哮的乌云，笼罩在我的头顶上。

这是第二次，我深深地为讨厌鬼庞建国感到难过。

我站在等待的位置上，默默地看着接力赛的棒子一站一站往下传。我看见我们班被远远抛在后面，心里感觉轻松不少。我像一只蟾蜍那样吐了一大口气。

我们导师拚命地挥舞着旗子，全班都站到椅子上吼叫起来。所有人的目光都集中在庞建国身上，我难过得想哭。我看见庞建国拖着笨重的身体，像一个行动缓慢的太空人那样奋力跨步，四周充满了加油的声浪。

棒子一站一站地往下传。我们班渐渐追上来，落后的距离慢慢缩短，我又陷入恐惧的气氛里。加油、冲刺的呼喊声，像一列急驰的火车向我逼近。我渴望躲藏在一棵树叶浓密的大榕树上，即使是用一种很陌生的姿势躲在一个阴暗寂寞的角落里。

我哭了。

脆弱的故事

在我心底埋藏了一个故事，我从来都不告诉别人。

我之所以不曾跟别人提起，并不是因为它是个多么了不起的故事；相反地，它是一个很单调、很无趣的故事。我一直保留这个故事，主要是想让我心中的困惑有一个容身之处，并没有别的理由。另一方面，因为这是一个古老又平凡的故事，我只好很神秘地、小心翼翼地把它包裹起来，使它成为一个值得收藏的东西。

这个故事经常以几个简单的画面浮现在我的脑海里。一开始，几个古代的小朋友在庭院里玩迷藏，他们乐此不疲，不时地发出愉快的笑闹声。后来，轮到一个叫司马光的小男孩当鬼，他很有风度地背转身去，用手臂遮住双眼，然后倚在一根石柱上。他慢慢地数着："一——二——三——"他刻意数得很慢，好让他的同伴们可以有充分的时间躲藏起来。直到完全听不见任何声响的时候，他才慢慢地放下手臂，转过身来，面对一个完全不同的景象：庭院里原先的人全都不见了，嘈杂声也都沉寂了，连树叶也是静止的。他开始向四周觅去，热切地想要一一找出他的同伴们。他是一个敏感又坚强的小孩，很快地，他一一发现了他的同伴们，并且把他们逮出来。当所有的人都重新聚集在一起，并且鼓噪着要再继续游戏时，司马光却坚持说还有一个同伴尚未出现，还没被他找到。他的同伴面面相觑，不知所云。他们又重新清点了一次——一个也不少；可是司马光不以为然，他一定要把那位失踪的同伴找出来之后，才肯继续玩捉迷藏游戏。渐渐地，所有的人都被他坚定的态度说服了！于是他们尾随在司马光之后开始搜寻了起来。

下一个画面来到一个大水缸前面。这是一个很大很厚的水缸，那是一种古时候放在庭院里接雨水，以备消防急难之需的贮水槽。它的高度超过一个小孩子，所以他们一行人从水缸外面根本看不见任何东西。有人提议爬到树上去看看里面有什么东西，也有人热心地要去找梯子来；这时，众目睽睽之下，司马光很勇敢地拾起地上的一块大石头，把它高高举起，使劲地往水缸中心最脆弱的地方砸去……水柱从破裂的缺口泉涌而出，泼洒到地上，才一瞬间，他们清楚地看见水缸里的确是有一个人，他撑起双手在水缸内旋绕了几圈，然后顺着水流被冲到湿答答的地面上，面朝下，身上沾满了黄色的污泥。看到眼前这个身上没穿半件衣服、光着屁股发抖的小男孩，大伙儿开始忍不住惊呼大笑起来，连司马光也扬扬得意地笑了；不过，他的笑声只维持了一下子。藏在水缸里的小男孩狼狈地从地上站起来，当他把脸上的污泥抹掉时，所有的笑声都戛然而止。赤裸的小男孩面无表情地看着前方，露出一双空洞的眼球，他长得和司马光一模一样。所有的人好像看见鬼魂一样开始四下逃散，只剩下司马光一个人怔在原地，不知该如何面对自己……

　　这就是我一直埋藏在心中的故事，和时常出现在我脑海里挥之不去的几个简单画面——一个脆弱的故事。

　　每当我躲在我的小房间里偷听隔壁传来的练琴声时，这个故事的几个画面便时常在我眼前盘旋不去，令我困惑：奔逃躲藏的脚步声，"一——二——三——"，微风徐徐吹过无人的庭院，坚硬果决的大石块，司马光看见赤裸的自己……

在一切复归沉寂之后，依然只有小木窗外的月亮与我相伴。当一弯月牙恬静地悬挂在夜空上时，我不禁想到，此时，月宫里的嫦娥是不是正孤零零地漫步在那一大片暗影之中呢？也许嫦娥在月宫里有玉兔为伴，或者她还有一架钢琴，当玉兔擎起木杵捣仙药时，优雅、甜美的琴声淙淙流淌，宛如一杯蜂蜜胡萝卜汁。

而吴刚呢？不但学仙不成反被罚砍桂树，从此不分昼夜地面对一棵高五百丈的巨大神木，疲惫地挥舞起沉重的铁斧，面无表情，汗如雨下……桂树随砍随合，永无尽日，在绝望中，吴刚偶尔抬起头来，望见远处的月宫泛起一圈水晶色的寒光，隐约还可听到绵绵不绝的钢琴声，间或夹杂着一阵玉兔捣药的木杵声；那锤炼长生不老仙药的撞击声，传到吴刚的耳朵里，比铁斧还要锋利、沉重，像是一连串如雷的诅咒。吴刚再度挥起巨斧，重重地往桂树砍去,就像司马光捡起一块大石头那样向水缸——或者,向他自己——狠狠砸去。

有时,我会不解地猜想着,到底是什么力量促使太空人阿姆斯壮和他的火箭挣脱地心引力向月球飞去?他是否也是一个喜爱仰望夜空的人?当他无意间用天文望远镜看见月球上吴刚伐桂的寂寞身影时,是不是也曾经像司马光一样怔在原地?每当想到这里,我的脑海便又出现了一些简单的画面:一开始,疾速的火箭冲破大气层向月球飞奔而去,空气中扩散出一团灼热的白烟,在世界各地的角落有许多人焦急地守在电视机旁。阿姆斯壮飘浮在太空舱里,面无表情,一言不发。他从圆形的窗口望向地球,看见他的同胞们消失在一个地表凹凸不平的星球上,他感觉到他们正躲在许多三角锥形的巨大石墓里,躲在方形冰块砌成的屋子里,躲在一堵蜿蜒万里的高墙后面……阿姆斯壮转过身去面对他的同伴奥德尼和葛林,无线电波传来模糊的讯号声,祝他们三个人登月成功。此刻,阿姆斯壮心中浮现的,不是他家人的面孔,也不是训练阶段的生活,或是总统先生会餐时侃侃而谈的模样。他想起曾经在某个月圆的夜晚,从太空总署的天文望远镜后面,看见月球上的吴刚渺小地站在巨大的桂树前,不停地挥动沉重的利斧,向桂树砍去。桂树随砍随合,吴刚面无表情,汗如雨下。想到自己正朝月球飞奔而去,阿姆斯壮有一种如释重负的感觉。

此时,阿姆斯壮的同胞们围挤在电视机旁,面露坚定的神情,看着疾速奔驰的火箭,就像司马光看着自己掷出的大石块那样,向月球——或者,向他们自己——用力砸去。

蜡像馆

运动会结束的那天晚上,我躲在房间里计划一件事。我计划着将我期待已久的愿望提前实现:一次单纯的躲藏,即使是短暂的也好。

我准备了水壶、饼干和地图,还有一台只剩下几张底片的简陋相机,把它们装进一个红白相间的塑胶袋里,然后等待天亮。

我躺在床上睁开眼睛,想象着一个完全漆黑的世界。这个念头,让我连发抖的力气都没有。

天亮之后,早晨柔和干燥的光束从小木窗外透射进来,照亮了无数颗悬浮在半空中的细小尘埃,看着它们无声地像鱼群一般游来游去,令我觉得如释重负。

我回想起从前的一个周末夜晚,我独自在老街的夜市闲荡,无意中遇见了讨厌鬼庞建国,他背对着我站在一个烤肉摊子前面,手上拎着一塑胶袋的漫画,另一个更大的袋子里塞满了蚕豆酥、红土花生和豆腐干等零食,两个胖胖的、红白相间的大塑胶袋就勒在他的手指头上推来推去。我躲在庙口大石狮子的屁股后面,静静地看着他从小贩手上接过一袋烤肉串,付钱,再敏捷地跨上他的变速脚踏车。踩了两下,他倏地站立起来,穿过人潮间的空隙,一眨眼间,像一个强盗似的快马加鞭而去,只留下一阵烟尘向我飘来,好像准备逮住我的衣领,问我为什么畏畏缩缩地站在那里？

我没有去上学。我拿着我的行李，往公车站走去。

登上公车，坐到司机背后的独立座位上，我忍不住笑了。我从驾驶座前方的后照镜看见自己的笑容，我笑得很自然、很诚恳。我以前没有过这样的笑容，以后或许也不会有，但我并不难过。看着车窗外的公寓、学校、市场、警察局飞快地向后退去，我高兴得用手捂住嘴，像一个心满意足的小偷。我紧紧握住手上的塑胶袋，掌心上冒出细小的汗珠。

很久以前我就想要自己一个人去逛中影文化城，在外双溪下车的时候，我的心中充满宁静。我想，或许我再也无法躲得比这次更好了。在无人的城楼间，我像是那些没有生命的道具。我轻轻跨过一道僵硬的门槛，走进一座冰冷的天井，痴傻地望着一卷透光的竹帘发呆。我细细地抚摩一扇花格窗，像是在抹掉我身上的灰尘。我记得，我买了一串糖葫芦，嚼着酸苦的果核，沉浸在一片无声的寂寞里。

那天，文化城园区设有一处很特别的古代人物蜡像馆，我因为错过了开放参观的日期，所以没能进去。我从一堵白墙上的石窗格望过去，只隐约看到一些角落里的人物，还有盆景、假山、鸟笼等等全都纹风不动，红色的夕照从窗格弥漫进去，把所有的东西都糅合在一起。我注视了许久，直到它们熔化成一团火焰，不留一丝灰痕……未能进蜡像馆里去参观，我并不难过。我在门口吃了几片饼干，喝了一口水，然后取出相机，架在一座花台上，按下自拍器。

这张照片一直小心翼翼地躲在我的抽屉里，经过这么多年，照片上的我依旧笑得很自然、很诚恳，一点都没有改变，就像一尊蜡像。

那年我十四岁，我最好的朋友是孔兆年和狼狗，我最想念的人是何雅文。

我还记得他们躲起来之前的样子。

1998 年 11 月

遇见舒伯特

我站在宋老师的身旁,顺着他的目光看去,中山北路上的车流不疾不徐地平稳行进着,一辆公车靠站,遮去了我们的视野,然后公车再度前进,相同的景色又无声地浮现眼前。我用很低的音量对自己说:

"舒伯特也有无言以对的时候吧。"

从红砖墙后面露出的一大片芒草茎叶望进去，灰色的屋瓦顶上空，几截断裂的电话线垂落下来，它们的尾端很有力量地向上卷曲成圆弧形，看起来有点像一束倒吊在半空中的黑蛇。冬日晴朗的午后，光线清灵如水，可以让人轻易地看见更远的地方，以及更分明的色彩。深褐色的鱼鳞板上浮出细密爬梳的木纹，日式风味的玄关和纱网依旧完好，至少蚊蝇还是不易从这样严谨的桧木门框上找到缝隙飞进去吧？

已经有十年以上了，我不曾再回到这间朴素而幽静的木造房子；站在这样厚实的木片门外，很难让自己相信这是一个索然无味的城市。

　　我站在这条寂静的小巷道上，几分钟之内便来来回回走了好几遍。看看远方探出半个身长的办公大楼，和浅蓝无云的天空；洗石子的门柱上一方红色的电铃按钮依旧完整而油亮，我几度深吸一口气，举起手指向前，又放了下来。

　　"宋老师或许正在午睡吧。"看着眼前如青石般冰凉沉静的山苏和铁线蕨，我为自己找到了一个合理的解释，于是背着黑色的大背包，往巷口的方向踅去。

　　幸好，小公园旁的"芳山杂货店"还在，除了门口右侧多了一架贮放各式冷饮的冰柜之外，一切还是老样子。入门的抬头处还是吊着一只圆形的衣夹子卖报纸，阴暗的室内光线透出一股悠然自得的调子；从外边望进去，倒是那个摆设香烟的玻璃方柜子显得最为晴亮。

　　我走进小杂货铺里，在木头货架前的狭窄过道上东张西望：鹅黄色的鸡蛋面、味全花瓜、苹果面包、红土花生、水晶肥皂、五月花卫生纸、降落伞火柴盒……还有，一整排老玻璃铝圆盖的糖果罐，里面有五彩的金柑仔、芒果干、花生糖、鱿鱼片、白话梅、甜酒李……角落上，理着小平头的年轻人裹在一件草绿色的防寒夹克里，像只猫头鹰似的叼着一支长寿烟，烟头上星火间歇明灭着。小木桌上靠墙放着一台浅绿色的铁皮收银机，找钱的时候，小老板头也不抬，眼睛仍注视着桌上摊开的明星画报，伸手往钱柜上凸出的银色小铁棍一按，发出一声脆亮的"叮——"。

"宋老师的账顺便结了吧。"我打开大背包，把刚买的花生糖和苹果面包塞进去。

"什么？"小平头的年轻人终于抬起头来，他的方形脸上有一双精明的小眼睛，很黑，很圆。

"宋老师，七十八巷的宋老师还是按月记账的吧？"

"谁？"

"宋老师，宋九龄老师，教历史的，住七十八巷五号，一年四季穿蓝色长袍的那个老先生。"

年轻人摇摇头，将手上的一截香烟在玻璃烟灰缸里捻熄,然后立刻又点了一支,继续低下头去看桌上的女明星。

我走出"芳山杂货店",饥饿、昏眩却吃不下东西的感觉又开始浮现。

这种情形已经维持了一阵子。大约是七天前,因为突然怀念起城中市场鱿鱼羹的滋味,于是在例行的采访会议结束之后,便开车前往重温高中时代的旧梦。在那年纪,饥肠辘辘的我可以一口气吃掉五碗辣鱿鱼羹,一汤匙舀下去,热乎乎的油花围拢过来,油绿的九层塔叶子从碗底绽放开来,世界仿佛就是那样永恒地自给自足。我一个人独自吃着,吃了一碗又一碗,吃饱了,一点也不寂寞。那天,我就如以往那般挽起袖子吃着,第一碗刚吃了半口,便不经意地瞥见墙上白色压克力价目表的一行楷体红字:"廿年老店,独家口味"。饥饿却吃不下东西的感觉便从那时开始。

我不知道为什么那一行小字会引来这样的反应,高中时代热爱的歌曲早已经编成"老歌精选集"了,电影票的价格也从四十五块变成两佰块了,难道鱿鱼羹就不会老去吗?不变的味道还是会老去的,在绿头苍蝇嗡嗡的声音下,老旧的汤碗摔破了一个就少一个。

　　吃不完一碗鱿鱼羹的感伤让我深深怀念起宋老师。高三那年冬天的一个下午,我穿着一身卡其制服,徘徊在宋老师家的巷口,左手的大盘帽遮不住右手指间的一截袅袅白烟。几次伸出手想按下电铃,又放了下来,最后,还是到"芳山杂货店"买了一包青箭口香糖,一口嚼上三片,自以为把满嘴的烟味盖掉了,才站在店门外的公共电话前面怯懦地投进一块钱……那一天下午的长谈,让宋老师走进我的历史,而我走进了历史系。

　　这段历史一直持续到我服完兵役之后的一席谈话而结束。那天,我坐在宋老师的书房里,四壁的书墙苍老而严肃,听完我的话,宋老师手上的保温杯还来不及放下来,便开始厉声斥责:"当然是继续念书考研究所,记者是干什么东西?文化流氓!"宋老师颤抖着上身从藤皮椅上站起来,激动的茶水冒着热气,从杯沿泼洒出来,溅湿了大书桌上的一叠宣纸。褐色的茶水在我眼珠里漫开来,直到整间书房都罩上一层水纹。我还记得那天下午走出书房的时候,宋老师背对着我,从书架上抽出两本书掼在地板上,我尽量放轻脚步往客厅走去,但是老旧的木条依然发出吱呀的摩擦声。我僵硬地跨步往玄关纱门的方向移动,经过那个圆嘟嘟的深蓝布沙发椅时,宋老师的小女儿宋琪坐在地板上,倚在小茶几旁,手上端着一本简明英汉字典,茶几的玻璃桌面上散置着一叠讲义和几支红、蓝原子笔,还有一本英汉对照本的《异乡人》。见到宋琪的时候,我手足无措地摘下眼镜来,用手背在眼角揉了几下,或许我希望宋琪能随便跟我说几句俏皮话,就像往常那样,好冲淡一些感伤的气氛。可是宋琪并没有开口,她憎恨虚伪,或许也憎恨我。那时,她像一个俏皮的小妇人那样嘴角咬着一支刚刚削尖的铅笔,用那双慧黠又天真的半月形眼睛仰头斜睨着我;我低头垂手从她面前走过,仿佛我的袜子上有五六个破洞似的。当我默默推开纱门的那一刻,感觉到宋琪的眼睛从背后逼视着，她的表情丝毫没有松懈下来，嘴唇之间上下摇摆着的铅笔密布齿痕，一声冷冷的"再见"，像一只蚊子在我的耳膜上轻轻叮了一下。

七天前的那个中午，我从鱿鱼羹店走出来，走进一家小咖啡馆，一连喝了两杯浓缩咖啡之后，才决定打电话给宋老师。出乎意外地，接电话的是宋琪，她的声音变了，不再那样娇气，讲话的速度也放慢了，不过我还是立刻就认出她的声音来。

"对不起，我是黄士宏，请问宋老师在吗？"

"谁？"

"黄士宏，我是宋老师从前的学生，黄——士——宏，请问你是宋琪吗？"

"哦，黄士宏啊，我听成王志鸿了，好多年了吧，你现在在哪里？前几年过年的时候，我爸还时常问童敏昌他们说你在做什么呢。怎么样，还好吧，现在在哪儿呢？"

"我现在在西门町……哦，我现在在报社当记者，还是老样子，没什么出息。"

"怎么这样说呢，当记者很好啊，每天都接触新的东西，不像我当老师才无趣呢。"

"现在在哪儿教书？"

"在台大。"

"教英美文学？"

"才不咧，教'会计'。"

"听起来蛮可怕的。"

"哦，会吗？"

"还好啦，对我来说有点可怕吧。宋老师好吗？"

"我爸啊——你要不要来看看他。"

"好啊，好啊。"

"不过他现在比较不爱聊天了，你要不要采访他呢？"

"好啊，好。"

约好时间，挂掉电话之后，除了饥饿、晕眩之外，心中又多了一分错愕感。或许是喝了太多咖啡的关系，但是，我没有料想到会以"采访"的形式重新面对宋老师。

"见了面之后再找适当的气氛解释一下吧。"我在心底这样安慰自己。至少我打了电话,跨出了第一步,想到即将与暌违十载的宋老师见面,心里便被一股浓厚的愁绪所笼罩。

从"芳山杂货店"走出来,我又在七十八巷里来回走了几次,抽了两支烟,再剥了三片青箭口香糖进嘴里嚼,像个高中生似的希望把烟味遮掩掉,留给别人较好的印象。

按下电铃的按钮,我立刻把手抽回来,生怕被老旧的东西给电到。玄关纱门被推开的咿呀声勾起了熟悉的记忆,前来开门的是宋琪,她穿了非常正式的浅紫色套装,膝盖以下露出两截套上茶色丝袜的小腿,脚上趿着一双过大的塑胶拖鞋。

"嗨,黄士宏,好久不见了,快十年了吧?"

"刚好十年了。"

"进来再说,院子变得好乱,我妈过世之后就没人整理了。"

"师母过世了?"

"已经五年了。怎么样,结婚了吗?"

"没有。你呢?"

"我啊,谁要哦?进来再说吧,拖鞋在那边。"

"老师还教书吗?"

"早退休啰。"

讲到这儿,宋琪为我端来一杯热咖啡和一块油黄的起司蛋糕,音量压得很低,俯身说道:"我爸变得愈来愈怪,孤僻得——今年过年,童敏昌来送腊肉,我爸连声招呼都不打,害得我好糗!"

"不会吧?"

"待会儿你就知道了。你坐一会儿,我去书房叫他,就说你来采访,说不定会好一点,试试看吧,我也不知道该怎么办了。"

宋琪径自往书房走去,木板地依旧发出刺耳的挤压声。蓝布沙发前面的木条地板断裂了一个缺口,好像已经很久不曾有人坐在那儿了。我环顾客厅四周,许多摆设已经大不相同了；直立钢琴倒还在，只是黑色烤漆已经黯淡了，且添了不少刮痕；木壳落地式电视机也还放在同样背墙的角落，电视机上的大同宝宝胸前还是浮凸着两个粉绿色的阿拉伯数字"57"；饭厅里的老吊钟还挂在墙上，分针已经不见了，斑驳的银色钟摆静静垂悬，不知道是坏了还是没上发条。

宋琪走进书房好一会儿了，我无事可做，于是便从背包里取出录音机，装上一卷一百二十分钟长度的空白带子，然后按下录音键试验收音的效果。四周静悄悄的，仿佛只有我一个人在屋子里，从桧木大落地窗望出去，大门左侧的那株圣诞红上有几只麻雀轻灵地跳跃着，吱吱喳喳的鸟语被阻隔在紧闭的玻璃窗外面。冬日午后干爽明亮的阳光自围墙上方斜斜照下，我看见微微颤动的树影在红色的木门上摇曳着。找不到一点声音，我对着收音的麦克风轻轻说了一句："我是王八蛋。"然后连忙按下停止键，饥饿、晕眩，却吃不下东西的感觉再度袭来。茶几上的起司蛋糕泛起油亮而清凉的光泽，完美得如同一个藏书章。宋琪从书房走出来的时候,我正打算喝一点咖啡,听到木板凹陷的推挤声,我又把咖啡杯放回原位。

"唉,没办法,我爸根本听不到我说话,真是的。"

"老师听觉有问题?"

"不是啦,他的听力可好了——对不起,你先坐一下,喝点咖啡,吃蛋糕嘛,你不要跟我客气,我再去跟我爸说一下看看。"

"好,好。"

宋琪转回书房之后,我走到钢琴旁边,轻轻掀开厚重的琴盖,手指在黑白交错的琴键上缓缓滑过,很小心地没有发出任何声音。

我慢慢走近宋老师的书房,踩踏地板的时候,一面用手倚靠在墙壁上。宋老师的房门是合上的,从房间那头可以听见宋琪说话的声音,她的语调提高了,似乎在跟自己生气着:

"你到底要怎么样嘛你,人家记者在外面等着,你要人家等多久嘛,再这样我不理你了我告诉你——你不要老是气人好不好!"

隔着木门,我似乎可以看见宋琪激动的双手还在胸前比划着。"爸,你听我说话啊,你到底要不要听啊,我不管了……"趁宋琪忙着说话的时候,我又蹑手蹑脚地走回小茶几旁坐下,那杯咖啡已经不再冒出热气。

宋老师的房门被猛力拉开之后又关上,我听到宋琪忿怒地走进自己的房间,然后四周又安静下来。落地窗外的麻雀还在忽高忽低地弹跳着。我备妥录音机,把空白带倒转到起头的位置,又拆开电池盖,掏出电池握在手心里。

大约过了五分钟,宋琪从她自己的房间走出来,脸上挂着一丝歉意的笑容:

"不好意思哦,黄士宏,让你看笑话了。直接在书房采访好不好,也许我爸看到你就不一样了,好不好?"

"好,好。"

我干咳了一声,拿起录音机装上电池,假装检查了一下收音的麦克风插座,然后跟在宋琪后面往书房走去。

宋老师的书房已经完全不同往日了，从前环壁的书墙不见了，书架不见了，书桌也不见了。地板上铺着一张灰色的地毯，宋老师盘坐在一只乳白色的圆形沙发凳上，面对着层层架叠的音响器材和纠结缠绕的讯号线、CD架，头上戴着一个罩头的大耳机，右手舞着一支细长的白漆指挥棒。我们走近的时候，宋老师正专注地在胸前比划着，偶尔停下来，用指挥棒在音响外壳上敲几下，然后仔细地调整主机面板上的旋钮，之后再敲几下，然后又开始摇头晃脑地指挥起来。

"那是我爸自己跑去功学社买的指挥棒，一支伍佰多块呢！"

"从前那些书呢？"

"全都卖到旧书摊了。"

"书桌呢？"

"叫厦门街的人开车载走了。"

虽然是背对着我们，我依然可以感到宋老师专注的眼神正盯着全场，像是一个严峻的指挥环伺着他的乐团。

从前，宋老师身着一袭素朴的蓝衫，安步当车地打校园里走过的背影，始终是历届毕业生纪念册里不可或缺的一张照片。现在大不相同了。原本短而密、泛着一圈青皮的头发，已经扎成了一束灰丝垂在颈后；厚重的黑框眼镜换成了圆框金丝边的，一身卡其色宽大的衬衫和长裤，身形精瘦，暗赭色的皮肤上皱纹密布，仿佛是在美国某个大城里遇到的印第安人。

我正想开口问候，宋老师忽然猛烈地用指挥棒在自己的膝盖上击打起来，那支细小精致的木条两三下便断成两截，较细的那头弹到半空中，碰到窗帘之后才掉下来。

"慢点，慢点，不要抢拍子，怎么就这样子讲不听呢？怪了。"宋老师怒气未平地摘下耳机放在地毯上，然后一骨碌地从盘坐的沙发凳上站起来，走到床边，抓起单人床沿白床单的下摆，再从床底下捞出一个花梨木笔筒，抽出一把全新的烤漆指挥棒，仔细拣了一支较长的，在空中试挥了几下，点点头，准备继续"排练"。除了那一口山东腔的国语之外，宋老师似乎全都变了另一个样了。

"爸，人家记者已经来了啦——"

听到宋琪不断用"记者"来称呼我，我益发觉得难以启齿。

"宋老师……我是黄士宏……"

"爸，人家记者要访问了啦——"

"哦。"宋老师用老教练打量拳击手的锐利眼神瞅了我一眼，"记者访问？好。访问。好。"说了一连串"好"之后，宋老师安静下来，面对着我们盘腿坐在地毯上，宋琪用眼神暗示我把握机会，并且提醒我备妥录音机。

我面对宋老师坐下来，我们之间只隔了一台小小的随身听，这些年来，我从来不曾离宋老师这么近过。宋老师的披肩长发有部分没扎起来，垂在脸颊两侧，有一瞬间，我恍惚以为自己面对的是一个致力于生态保育的老学者。沉默渐渐形成一股压力，我觉得自己完全不知道要从何采访起，只能先按下随身听的按钮。录音带开

始转动起来,空气中飘浮着马达传动的声音,大约五秒钟之后,随身听的小喇叭传出了我刚才试录下来的话语:

"我是王八蛋。"

等到我会意过来,已经抢救不及了,在我按下停止键的时候,那句简短而清晰的句子已经播放完了。我羞赧地将带子倒回去,宋琪强忍着没有笑出声来,这使我更加窘迫;我的额头冒出了汗珠,就在我伸手到裤袋里掏手帕的时候,宋老师突然开始说话了:

"音响这玩意儿最怕脏。空气不流通、潮湿、灰尘……都不行,还有蟑螂,蟑螂最糟糕了,下蛋哪——蟑螂蛋你知道吧?三天不暖暖机子蟑螂就来了。讨厌啊!插头、插座、接头统统要清干净,要勤快,用酒精擦。用纯酒精,西药房有卖你知道吧,去渍油不好,用纯酒精。"一串话连着说完,宋老师觑我一眼,然后抽走我手上的手帕,在他的脸上抹了几下,又沉默下来。

"老师的音响怎么没装喇叭箱呢?"我顺着宋老师打开的话匣子往下问道。

"房间太小,太小了。开了窗户也不对的,要用水泥给封掉。买喇叭没有用的,再好的也没有用,听不到'音场'。'音场'出不来,你知道吧,还是耳机好,耳机好。"说到喇叭箱,宋老师陡然地又激动起来,使我觉得自己找错了话题。

"问别的事。"宋琪附耳过来悄声说道,"我爸一讲到音响就没完没了。"

"宋老师还记得我吗?"

讲完这句话我立刻便后悔了。我低下头来,看着录音带在随身听里平稳地转动着,又录下了一大段空白的沉默。宋老师皱了皱眉头,额头上,眼角和颧骨上的细纹都往眉心挤去。

"你上礼拜那场我去听了,弹得不好。不好。萧邦不是那样子弹的你知道吧?要再沉,再沉一点,不能娘娘腔的你知道吧?报纸我看了,这个记者说得对,你看看,不是那样子弹的啦——糟糕透了。"

宋老师说着就从台架旁的缝隙中抽出一张去年的旧

报纸，用手指指着一篇乐评叫我自己看；我看见那是我的一位同事写的评论，报导的地点在美国芝加哥。

我低头看报纸的时候，宋琪说要去泡壶茶来。宋琪走了之后，我把报纸塞回原先的地方，宋老师盘坐到圆形的沙发凳上，双手垂在膝盖前方，闭着双眼，看起来像是一个沉思中的白眉罗汉。录音带平稳地向前卷动着，过去的声音和现在的沉默一起重叠成了空白的滋滋声。从书房的木窗格望出去，大门旁的那丛圣诞红似乎比刚才又长高了一些，麻雀已经不见了，门板上的树影持续摇曳着。围墙后面冒出来的高楼遮去了远方的风景，忽然间，我对这个房间和窗景都陌生了起来。我抬起头来望着陷入沉思的宋老师，宋琪清洗茶具的碰撞声从厨房那头传来，我终于还是忍不住又问了一次：

"老师还记得我吗？"

宋老师抿动着嘴角，交错的双腿在宽大的卡其裤管里抖动起来；抖动时缓时剧，突然，宋老师睁大了眼，面露惊惶地看着我说：

"布拉姆斯。"

"啊？"

"贝多芬的接棒人是布拉姆斯你知道吧？舒曼知道，贝多芬不知道，我等会儿给他说去。"

"啊？"

在我还没反应过来的时候，宋老师已经一骨碌地从沙发凳上翻下来，伸手往挂衣钉上抓下一顶白色的NIKE棒球帽，匆匆往门外走去；迎面走来的宋琪在走道上及时偏过身去，只被撞落了一个白瓷杯。

"爸，你干吗啦！"

"是不是我说错话了，我……"

"不关你的事，我爸是不是又说了什么'布拉姆斯''贝多芬'了？"

"你怎么知道？"

"唉，老是这样。"

慌乱中，我匆忙收起地毯上的录音机塞进背包里，然后在玄关入口处套上皮鞋，跟在宋琪后面去追宋老师。

宋琪很利落地套上一双慢跑鞋,径自往巷口寻去,走了几步,还不忘回头叮咛我把门带上。我笨拙地拎着背包,加快步伐跟上宋琪;前方的瘦小身影在一袭清爽的套装下,双腿单薄而快速地在裙摆间细碎交错着。我吃力地跟在后面,饥饿且晕眩,走出十几米,我蹲了下来,将背包平放在柏油路上;我感觉背脊上冒出湿冷的汗珠,视线变得越来越模糊;看着宋琪迅速在巷口拐角的地方消失,若不是因为疲累,我想我可能会哭了起来。

稍事喘息之后,我提起背包,继续向前追赶,又穿过几个巷弄,才在美术馆旁的红砖道跟上他们父女俩。宋琪坐在香枫树下的公园椅上,一只手充当摇扇在领口边扇着;宋老师紧邻着慢车道,站立在人行道边缘望向路的远方。我一时想不出话可说。

我站在宋老师的身旁,顺着他的目光看去,中山北路上的车流不疾不徐地平稳行进着,一辆公车靠站,遮去了我们的视野,然后公车再度前进,相同的景色又无声地浮现眼前。我用很低的音量对自己说:

"舒伯特也有无言以对的时候吧。"

"来了。"宋老师全身的肌肉突然紧绷起来,上身也愈加向前倾。

"什么?"

"贝多芬来了。"

我顺着宋老师引颈的方向张望过去,看见路的彼端有一列迎娶的车队向我们驶来,由一辆白色的宾士轿车前导,车门把手上扎着花饰;其中一辆车里有人点了连珠炮往路上扔,鞭炮的碎纸一路散落。

"不像话,出殡怎么还放鞭炮?不像话。"

"啊?"

"看见没有?"

"什么?"

"舒伯特,看到了吧,被那些家伙挤到后面去了。"

我顺着宋老师的手指,只看到地下道的入口有一个小学生模样的男孩走下阶梯。

一阵沉默之后,我走向一堆落叶,拾起一片端看着。

宋琪说既然来了，就到美术馆里看看吧，于是拉了宋老师往前走，我赶上去，抢先到售票口买了三张票。

非假日的下午，美术馆内没什么人，显得非常空旷。参观完一楼的展览室之后，宋琪说脚酸，于是在中庭旁的石椅上坐下来；我陪宋琪说话，让宋老师一个人往二楼逛去。

"报社的工作还好吧？"

"还好。"

"至少比当老师好多了。"

"当老师也不错，生活稳定。"

"有什么好稳定的？"

"至少不像我整天不知道在忙什么。"

"都一样啦。"

宋琪见我接不上话，就没再问下去；她看着落地窗外几株修剪精细的盆景，沉默了下来。隔了几分钟，她忽然说道："我去年离婚了。"眼睛依然注视着玻璃窗外的盆景。

我很想挤出一句话来，可是想不出要说什么，我仿佛只剩下饥饿的感觉了。

"我去找宋老师。"

宋琪沉默不语。

我在二楼的一间"装置艺术"展览室里找到了宋老师。展览室的地上铺满了上万枝各形各色的吸管，左侧墙上挂着一面巨幅的油画，宋老师正踩在满地的吸管之上，抬头看着画框里的列宁肖像。

我走进展览室，地上的吸管发出挤压的声音。

"老师，回去了吧。"

"看到了吧？"

"什么？"

"舒伯特。"

"看到了。老师，宋琪在楼下等我们。"

宋老师仰望着墙上的画像，似乎陷入了沉思，不再回答我的问话。

我踩在塑胶吸管上走出展览室，在一片面向室外的大玻璃墙旁边坐下来，冰冷的石椅坐起来凉飕飕的。

大约过了五分钟，中山北路上一队游行示威的人群从窗外经过，队伍前方的小货车上，一个头绑黄布条的男子大声疾呼着，他的声音被厚重的玻璃墙给隔绝了，我只看到一群人尾随着他激动的手势，舞动着手上的小旗子，一波波的旗海像浪花般起落着。

饥饿却吃不下东西的感觉愈来愈使我难受。我打开背包，取出一片苹果面包，撕下一小角含在嘴里；正当我准备合上背包时，才发现方才慌乱收拾的录音机仍在转动着。面包在我的口里慢慢地溶化开来，就在我把第二块面包剥进嘴里的时候，一百二十分钟的空白带正好卷完了，红色录音键"卡"的一声弹起，在无人的休息室里显得出奇地大声。

台湾《联合文学》12月号，1998年

送行

空空的地下道磨石地板传来两双长筒皮靴的叩地声,橐、橐、橐的声响强化了那副手铐所发出的冷寒光泽。他默默地跟在父亲身旁,这是他第一次见到真实的手铐,感觉像一堵墙。

零点五分北上的火车就要进站,一名宪兵推开军人服务台的绿纱门,另一个手上铐住一名逃兵的宪兵也跟着走出来。他们三人往地下道的入口走去,准备前往第二月台搭这班北上的普通车。这名逃兵看似已过兵役年龄,中等偏瘦的体格,身着一件白色背心和褐色条纹窄管西装裤,脚上还趿着梅春旅社的塑胶拖鞋,疲惫而黝黑的脸上,显现出一层重大挫折之后特有的麻木表情,短发下一双干干的眼球里透露出一种沉默,好像对周遭的一切已没有半点感受。不过,眼前迎面而立的两个人影却使他的脸部露出一抹讶异,只一眨眼,旋又平息下来。

伫立在地下道入口的这一老一少是他父亲和弟弟，他们也要搭这班北上的火车。他只低垂着头从他们眼前走过，那两位宪兵并没感到异状，以为他们只是一般好奇的旅客而已。待他们三人进入地下道后，老父亲肩上斜挂着一个航空公司赠送的旅行袋，左手拎起一只绿白相间宽条纹的大帆布袋，右手拉着小儿子，尾随在他们后方，大约保持十米的距离。小儿子刚读一学期初中，早已不习惯父亲牵他了，但眼前静肃的气氛使他没了主意。空空的地下道磨石地板传来两双长筒皮靴的叩地声，橐、橐、橐的声响强化了那副手铐所发出的冷寒光泽。他默默地跟在父亲身旁，这是他第一次见到真实的手铐，感觉像一堵墙。

小镇的深夜，月台上显得很空旷，间隔几米的圆形铝皮灯罩一共三只，从拱形的铁架石棉瓦顶棚投下昏黄的光束。下午的一场雷雨使空气中弥漫着一股带霉味的湿热气流，不知从何处钻出的大群白蚁围着灯罩旋绕冲撞，月台上不断响起嗒、嗒、嗒的撞击声，许多白蚁掉到水泥地上折断了翅膀,在原地绕圈子。大批的白蚁落下,更多的白蚁又聚集过来,遮去了更多的光线。

月台上唯一的长条木椅的一边,一位老婆婆和一位少妇带着一个小女儿各占据一头,靠背另一边的椅面已经损坏,木椅背上依稀可以从剥蚀的油漆中辨认出是绿油精和翘胡子仁丹的旧广告画。

火车还未进站,小男孩望了一眼铁棚上吊下来的一个方形精工牌石英挂钟,零点十二分。普通车时常慢分的,这他早有经验。他来到月台边,漫步在黄色的导盲砖上。月台的另一端有几截被漆成绿色的大水泥管里种了几棵酒瓶椰子。较远处的几线铁轨上停放了三辆柴电机车头,前方两个圆鼓鼓的头灯,好似睁大了双眼在观察四周的动静。枕木和铁轨四周的碎石在深夜中泛着一层锈渍的铁褐色,一直蔓延到铁道边缘的那排水泥栅栏,和淡黄色的丝瓜花连成一片。

零点二十五分,老婆婆似从钟面上感到了些异样,于是直觉地找上与警察模样差不多的两名宪兵要向他们询问，但是宪兵们木然不动，于是她转向那位逃兵，他的头往下低了一些，没有说话。老婆婆连问三次觉得莫名其妙，无趣地走开，走向手提布袋站在铁柱边的老父亲。老先生显得很热心，拉大了嗓门向她解说，但是他带着浓厚乡音的国语并不能让她听懂，折腾了一会儿，老先生叫来他的小儿子用台语解说。老婆婆不住地用手靠着耳朵，但他不愿大声说话，最后还是老先生用古怪的音调来模仿小儿子的台语才暂时安抚了老婆婆，让她坐回到长椅上。之后，她喃喃地向身边的少妇发出一连串的嘀咕。

　　火车停妥之后，包着蓝布头巾的老婆婆挽着一个花布包袱，拎起地上装了两只大公鸡的竹篮子，率先登上火车。她先把竹篮子放置在车门阶梯上的平台，然后再使劲地抬高细皱的双腿，跨上火车。那只篮子是她早上才削去竹皮临时编成的，表面还泛着一层湿而利的青光。

　　在少妇和宪兵都上火车之后，老父亲才领着小儿子上车厢，拣定靠近厕所的位置坐下。偌大的铁皮车厢，侧对座的两排绿色胶皮座椅，两名宪兵押着逃犯坐在车厢中间的位子。老太太拣在宪兵对面坐下，或者是感到安心。少妇在车厢另一端，正抱着绑了两条小辫子的女儿哄她睡觉。一些白蚁被车厢内的日光灯吸引飞了进来。有一只圆吊扇有些故障，每转到同一处就发出嘎啦、嘎啦的声响。

火车开动之后，老先生见对面的两片电动门没合上，便上前检查，在车门边的红绿钮上瞎按了几下见无效，于是解下铁链拦门腰扣上。

火车平稳地向前滑行，车轮在铁轨上发出的登、的登规律的颤音，造成一种摇篮似的效果，老婆婆、少妇和小女儿不一会儿便歪着头睡着了。老先生想向前和那两位宪兵打个招呼，但却不知如何开场。窗外不停地灌进凉飕飕的空气，老父亲于是从布袋里搜出一件老式的大尖领花格子衬衫，向车厢中段走去，表明自己是逃兵的父亲，希望让自己的孩子套件衣服。其中未铐手铐的宪兵起身示意老先生后退，然后接过衬衫检查一番之后，交到逃兵手上。他没有抬头，接过衬衫，只把它卷小了放在腿上，和他铐在一起的宪兵也没有暂且解开手铐的意思。老父亲尴尬地站立了一会儿，想不出话来，还是回到小儿子旁边的空位坐下。

车窗外黑蒙蒙一片。老先生取出一条美制军毯准备让小儿子盖肚子，军毯中夹带的一瓶陈年高粱也一起取了出来，这是昨晚打包时放进去的。

火车又停靠进站了两次，老先生已喝去了大半瓶，就这么酒瓶凑近嘴巴往里倒，不知不觉便手握着酒瓶杵在皮腰带上合眼了。瘖寐中，他看见车顶上的白蚁愈聚愈多，一群群从车门边的隙缝飞出来，从座垫的破洞里钻出来；接着更汹涌地从窗外成群撞进来，先是被电扇的叶片打下许多，接着由于数目实在太多，电风扇几乎动弹不得了，地上铺了厚厚一层白蚁的残肢，最后，白蚁啃光了车顶，开始啃食车厢内的乘客，爬了满身白蚁的宪兵惊慌地拔枪朝蚁群连续射击……

嘎啦、嘎啦、嘎啦，旧吊扇在沉默中发出突兀的声音，老先生揉揉眼睛，小儿子还躺在身边睡着，老婆婆、妇人和她的小女儿也都歪斜着身体，只有车厢中段的两名宪兵还直挺挺地坐着，他的大儿子坐在他们中间，手肘抵在半开的铝窗上，侧身面向窗外，看着很远的地方。老先生从地上捡起瓶盖，拴上酒瓶，收进大布袋里，感觉酒气打鼻孔里不断冒出来，头有些疼，眼角很重。直到老婆婆脚边竹篮子里的鸡啼第三次的时候，老父亲才又浅浅地睡着。

凌晨五点三十五分的时候，快到台北了，列车查票员从车厢的这一头出现，查到老婆婆的时候，她翻起衣角，从暗袋里拿出一张折得小小的纸条，上面写了一个地址和电话，叫查票员替她看看，确定这个地址是否在台北下车。

确定了之后，她又不放心，便走到对面那两个警察模样的宪兵面前，要他们带她去坐车。那两名宪兵并不作声，她以为得到了默许，便把鸡篮子和包袱移到宪兵的身旁坐下，等待和他们一起下车。

穿入一段地下铁道，火车停靠在台北车站第三月台，距离通勤的人潮还有一段时间，月台上只有零星的乘客，还有几个用推车打包垃圾袋的清洁工人。老婆婆见宪兵起身要下车，便拉着其中未铐手铐的宪兵的袖子，要他帮她提竹编的鸡笼子，那宪兵没有理会她，径往前走去，老婆婆依然紧跟不舍。

老父亲从车窗内看着他们，倐地追到车外，他请求让他的大儿子穿上衬衫。这时老婆婆也上前来纠缠，她伸手拿着那张小纸条，说她不识字，要他们带她去找。老父亲见宪兵们停了下来，便上前拿起衬衫要替他大儿子穿上，穿了一只手，另一只有手铐铐着穿不了，这时，宪兵又开步往前走，第一月台上宪兵队车站分队已有便衣人员前来接应，两名宪兵加快了步伐，老婆婆也吃力地追上去，她边喘气边喊他们等她，竹篮子里的鸡因摇晃得太厉害而咕咕地叫了起来，月台上仅有的几个人影也都回过头来看着他们。逃兵回头望了父亲一眼，示意他回去车上，老父亲因为担心火车开走，便往回走，走了两步，又折回，快步赶上他们。他边走边动手将那件衬衫褪下来，再卷起，交回大儿子用手拿着。

当他们步入出口的时候，火车仍未开动，老父亲和他的小儿子从车窗里看着他们消失在地下道的入口。

又一个小时，火车开到基隆。出了车站，老父亲带着小儿子去公共厕所刷牙、洗脸。妇人抱着小女孩出车站之后，便直接穿过大马路到车站对面，在掬水轩情人礼盒的大招牌底下——基隆客运的候车站里等人。

他不止一次和父亲坐夜车上基隆了。洗完脸，他们并不直接到车站对面的海港大楼去，这时也还没到办公的时刻，他们穿过几个巷子往铁道边的老人茶馆走去，到了那里，已有其他三位上同一条船的老船员先到了。这儿的茶座像教室般排列着密密麻麻的竹躺椅，一直延伸到骑楼外面来，因为天光还不怎么亮，那三人正有一搭没一搭地看报，嗑瓜子，每个人身边的小几上都放了一个白瓷的茶杯。

老先生打过招呼，安置好行李，便领了小儿子到另一条街上喝豆浆，之后再到大菜场的老杂货铺里买了些牙粉、酱菜和干电池等东西，又给小儿子买了几件内裤。回到茶馆的时候，有人已去海港大楼的船务公司取回了一些个人的报关出海资料。老先生抽出上衣口袋里的老花眼镜和派克钢笔来填写，其中一名同事不会写字，便要小孩子代笔，他记得上一回也是他代填的。他用生硬的字体一栏栏地填写：陈邂，男，民国二十三年生；职务：厨工；紧急联络人……

填写过表格，接下来便是等船公司的九人座小包车载他们进码头上船了。司机小王待会儿便会开车过来茶馆这里，每回都是如此，也就成了不成文的规定了。他的父亲催促他赶快去搭市公车回寄宿学校去，虽然学校的规定是在下午五点以后才禁止学生进出，但是做父亲的希望他早些回去温习功课，而且上学期他在班上成绩一直落后，加上请假过长，学校老师已有些担心。他很礼貌地向那三位叔叔伯伯告别，然后转身要离开茶馆。正要走的时候，他父亲想起上次跑船之前答应要送他一个高倍的望远镜，但是忘了买，他把小儿子叫住，从旅行袋里搜出他保管的公务望远镜，交给小儿子，心想，这趟到了美国再到海员俱乐部附近的跳蚤市场买一个赔回去。他嘱咐他不要用卫生纸擦拭镜头，还有不要对着大太阳看。

他将望远镜收进背包里，再重新背上背包，往基隆客运公车站的方向走去。穿过几条巷弄，两旁大多是黑玻璃窗加上压克力招牌的简陋茶室，门口多半或倚或坐一两个浓妆艳抹、年纪偏高的风尘味女人。他不否认自己并不排斥她们，甚或有些好感。打从小他就喜欢看见她们，但他知道自己年纪还不到走向她们的时候，他只是慢慢地经过这些晦暗中半掩的门扉。

雨港的早晨是灰色调的，整座城市的大街小巷都像被盐水泡过似的。中药房、咖啡厅、补习班、电器行都还未营业。他步上基信陆桥，从这儿可以望见整个基隆码头的大半边，他看着那些全部漆成白色，桅杆顶有个雷达的小型军用舰，还有另一边光秃秃的灰色铁壳船，再远一点的地方，商船停泊处有一艘已完成装柜的大约五万吨的货柜轮，那大概就是待会儿父亲要上的船。他取出望远镜来看那艘漆成半黑半红的大船，上面有一个看似管轮模样的人在走动，还有立在甲板上用大水管冲水的人，他可以想象得出父亲穿了雨鞋在那栏杆边打铁锈和刷油漆的身影。他也知道一些船员的工作守则和分科项目，但他从来不想当一个水手。

　　步下陆桥，往火车站的方向走去，途经一家体育用品店，他望了一会儿橱窗，便走了进去。陈列架上形形色色的棒球手套吸引了他全部的目光，他摸摸口袋里，今早父亲锁门之后给他的一卷钞票，打定主意，就走出体育用品店，找到一个公用电话，打给他一位上学期辍学的男同学，他想约他出来打棒球，这是他现在最想做的事。

　　接电话的正巧是他的同学，他们简短地谈了一下，同学问他是否有带手套出来，他说有。因为同学要搭公车过来，于是两人便约了十点半在基隆客运的候车处碰面。

他挂上电话，心里快活了许多，想到现正在学校上数学或童军课的同学，心中更是浮上一丝快意。快步走回体育用品店，他很仔细地检查了球套的缝线及称手与否的问题，然后，他花了几千块的零用钱买了两个名牌的内野手套，他的梦想是做个滴水不漏的三垒手，他认为快传一垒封杀跑者是一件令人感动的事情。完成梦想的两个半圆现在即将聚合，这值得他再买两个职业比赛指定用的红线球。

他提着装球具的大胶袋来到候车处，不期然地看见早上搭同一班火车的妇人和她的小女儿，由于感到一些尴尬，他便避免眼睛朝她们的方向看去。他取出买给自己的那个深褐色手套，轻轻地将手伸进去，感到手套皮质上的一层油光泛起一圈圈向外扩大的能量；他把球放到手套中，从各种不同的角度来欣赏它们，包裹在皮网格中的球就像摇篮中的婴儿一般舒泰而安稳。他知道这手套不久便会增添许多刮损的痕迹，但这就像战士的伤疤一样更增加它的光荣。

大约过了十五分钟，一名男子，大约是妇人的丈夫来到候车室，他的模样似乎是刚从工作中抽身前来的，脸上挂着一副不太愉快的神情，用简短和冷淡的话语和妇人交谈了几句。过了一会儿，他们一家三口便搭上一班101路前往和平岛的公车。

他又在候车处的椅子上等了一个钟头，同学仍然没有来。他想去打个电话，又怕同学在自己离开的时候到达，后来因为肚子实在太饿了，便决定去打电话；接听的是一个小女生，他很吃力地说明了自己是谁，还有要找的人，那个小女生停顿了一会儿没出声，接着说她和他要找的人早就没有说话了，便把电话挂断。他感到有些难堪，不知该怎么办。犹豫了一会儿，他又鼓起勇气拨电话，接听的仍是同一个人，由于紧张，他便倏地把电话听筒挂上。

他到平价商店买了一个热狗大亨堡，回到候车处的塑胶壳椅上继续等候。每当前方有公车驶来的时候，他便注意看车门后准备下车的乘客之中，有没有他同学的影子；大约等了十多班公车，他失望了，他知道他的同学不会来了。

他提起球具，背起背包，晃到公车停车场旁的国际牌霓虹灯大招牌下，从这里可以很近地望见码头的船只。他父亲的船已经离岸了，另一艘更大型的油轮停在原来的位置。下午两三点的太阳依然热辣辣地从海面上反射刺眼的波光，稍远一点的地方就全看不见了。

由于昨天坐夜车没睡足，他感到脖子开始酸疼起来，眼皮也重重的。他决定回停车处去搭下一班公车，趁五点学校关大门以前回到山上的寄宿学校去。

一班和平岛回来的公车靠站，妇人和她的丈夫、女儿一行三人从车上走下来，那男的在前面怒气冲冲地下了车，快步地直往陆桥的方向走去，妇人抱着女儿慌忙地跟在后面，小女儿手上拿着一支在和平岛买的五色风车迎风快速地旋转起来。

她们一行三人上了陆桥，不一会儿，只见妇人抱了小孩神色悲伤地又从陆桥走了下来。他避免正视她们，但妇人已认出他来了，并且把他视为救星一般。她告诉他说她现在要去追孩子的父亲，因为穿高跟鞋又抱着小孩很不方便，希望他帮忙看顾一下东西和小孩，她去找一下马上就回来；她睁着两个红红的眼圈向他苦笑了一下，他点点头，她便让小孩站到地上，交给他牵着，放下行李，很快地转身往天桥方向走去。

他牵了小女孩在候车室的四周绕着，让风转动她的风车，她的胸前挂着一只奶嘴随着她不稳的脚步一左一右来回地摆动着。走了好一会儿，小女孩不肯走了，他去票亭旁的摊贩买了两个火箭筒巧克力冰淇淋，两个人坐在座位上吃着，小女孩吃得慢，融化的冰淇淋朝下巴、脖子流到衣服上，胸前的小花边给染成一大片深咖啡色的水渍。吃完冰淇淋，他拿出球来哄她，他把球从地板上滚给她，叫她把球扔回来。玩了几回，她一个没扔好，将球向后扔到候车棚外，她想跑去捡的同时，一辆公车正准备靠站，他赶紧冲上前把她抱起来放到座椅上，在惊吓之余自己也坐了下来。

妇人回来的时候，或许是没追上她丈夫，或许是追上了又听了几句狠话，她眼眶周围黑色的眼影已漫漶开来。她抱起小女孩，不住地用哽咽的声音向他道谢。在他回学校的公车进站之前，她礼貌性地问了他一些事情，还有关于火车上的人跟他的关系，他很简略地回答了。待他上公车时，妇人再次道谢，小女孩也不断地挥动风车向他说再见。

搭上公车，他坐在公车最后面的座位上，把球具放在腿上用来枕着头，公车驶离市区在山路上绕了几转，他便睡着了。一直到了终点站时他才被司机叫醒下车，他必须往回走两站才能回到学校。

经过公车上的睡眠，他的体力和精神都恢复了许多，提着背包和球具往下坡路走，并不觉得累，山路虽有点阴森森的，但不时有车辆或机车从他身边驶过，两旁路灯也还明亮。走到一处沿路种植高大龙柏的马路再向右回转，爬上一个斜坡，学校就到了。他从远远的地方就望见大铁门旁校警老黄的窗户从树缝里透出一抹晕黄的光线。

他走到玻璃窗下,将行李放在地上,敲了敲窗玻璃,老黄正喝着茶在收看晚间新闻,听到有人敲窗,放下手上那杯热龙井,扯着大嗓门问道:

"谁啊?"

第 17 届台湾"时报文学奖"短篇小说首奖,1994 年

附 《送行》得奖感言

感谢指导我写作的陈瑞山、罗青和水晶三位先生。

1985年,我送我大哥到基隆上船,然后自己坐中兴号回家。后来他告诉我,海鸥飞得很快,海豚跃得很高,而人则可以从甲板上,利用手指的宽度测出远方的船只与自己的距离。

1994年夏天,天气晴,我和我的同学王森田坐火车到基隆,在车站附近买了一台即可拍,穿梭在铁道两旁的街道上捕捉孤独的角落。回到台北冲洗出的照片中,有半数以上,照的是我托住相机的左手手指。

附 决审意见：渐行渐远的《送行》

张大春

几乎没有所谓"故事"的《送行》是如此地轻描淡写，以至于很容易启人疑窦：这是一篇小说吗？还是一篇散文？这样的怀疑起因于人们早已相信：小说和散文是两"种"（犹如血型之有 A、B）文学作品。那么《送行》便似乎该并入散文奖项之下评比了。果真如此的话，毋宁相信散文奖的评审也会提出相同的问题："这篇《送行》应该是小说才对吧？"让我们先扔开这种胶柱鼓瑟的分类缪韈——否则连汤马斯·摩尔的《乌托邦》也终将被逐出小说之国的。

《送行》在叙述上的一大特点似乎隐藏着危机。那就是每个登场的主要人物（逃兵、逃兵的海员父亲和这位父亲的小儿子）都予人一种不知所终之感。习于"作品必须有完整的结构"这一语意其实相当含糊的论点之后，我们就不大能意识到：看似"有头无尾"的小说也在某种特定的叙事需要上形成了美学——显然，《送行》说的是送行这件事，小说中的人物一个接一个地送人、被送，渐行渐远、不知所终，也就吻合了作者所采取的这种叙事方式。

《送行》的作者对文字有极其精到的控制力，使读者一直处于某种"距离"之外的冷静状态，刻意压低抹淡的腔调反而令港式小镇里浮来游去的小人物因面目模糊而益显卑微、落寞。作者大量使用的白描笔触非但不会由于"没有刻画出人物的心理变化"而流于空疏，反倒经由人物错身而逝的际遇、彼此不相连缀的动作、遭遇来交叠衬显出作者尤深的关切——人类存在的断片性和疏离性。

《送行》的确是一篇值得一读再读的好小说，它的叙事任务根本不在交代一个什么故事,而在人的处境;从而送行二字形成生命的整体象征,哀而不伤、怨而不怒,平淡中益见深刻。

台湾《中国时报·人间副刊》,1994年12月

父亲的轮廓

父亲取出口袋里的卫生纸放在我前面备用,
他像面对一位长辈似的对待我,
令我终生感激。
我知道父亲拙于言辞,
在面对生命中难以省略的伤痛时,
更无力打破沉默。

在那之前，父亲一直是我最好的朋友。

每当母亲用一些类似"牙膏没有从最尾端挤出""冰箱门没关紧""看电视超过半个小时"等等小事向我兴师问罪，并且总是将矛头转向我的成绩上面去时，我便知道，夜里，父亲又会来到我的房间。

父亲个性之中有一种非常腼腆的特质，他总是等我和母亲都睡着以后，才蹑手蹑脚地轻轻扭开门把，走进我的房间，在小书桌的台灯底下压一张纸条；有时，纸条里面还会包着一张五十块钱的钞票。偶尔，在情况较糟的时候，父亲会在纸条上用歪斜支离的字迹写下"忍一时，风平浪静"与我共勉；这句话成了我们彼此之间的默契，那表示父亲知道在我和他一样敏感而容易受伤的心灵中，又遭受了一次无情的考验。父亲识字不多，我记得他总是把"风平浪静"写成"风平浪近"，但这并不影响我们之间的特殊情谊。在父亲要来的那个晚上，临睡前，我总是记得检查一下房门是否上锁了，从来没有失误过。

曾经有过几回，父亲来的时候我并未睡着，我听到父亲用力握住门把，再缓缓转开的声音，便立刻翻过身去面向墙壁眯着眼睛。尽管父亲极力不愿发出声响，我还是听到一双塑胶拖鞋在黑暗中静静地走向书桌，然后是纸张摩擦桌面的窸窣声，和父亲迟重的呼吸声……有时，父亲会拉开椅子，把台灯扭开一点点亮，然后坐在我的书桌前沉默不动，过了好一会儿，才靠上椅子。离去前，父亲会替我把桌上的书本和作业簿摆放整齐，然后才扭熄台灯；在那一刻，我的眼前又恢复成一片黑暗。我从不知道父亲坐在我的椅子上时，心里在想些什么；我也从来不敢抬起头来，用一声叫唤，或者一双清醒的目光来打破沉默。也许我没有勇气，怕自己会在父亲面前哭了起来；更让我恐惧的是，若是走下床来，不幸看见父亲的眼角也含着泪光，默默地坐在我的书桌前，我该如何面对那种时刻？

初三那年，是我生命中的第一个难关；当时，在我不觉生命有何可喜的脑筋里，的确曾经生起过自杀的念头。我不知道父亲是否经历过联考的压力，不过，在那没完没了的一年里，的确只有父亲曾经察觉到我想死的念头。

接近联考前一个月的某个夜晚，我正在学校提供的晚自习教室里做考前冲刺，日光灯管把教室照得明亮而冷清，同学们都埋首书桌、互不交谈。我选了一个邻接走廊靠窗的座位，设法让自己专心在书本上；突然，我听到一阵用手指关节轻轻敲打玻璃的声音，抬起头来，父亲的脸出现在窗格里面。父亲必定是不愿吵到其他正在看书的同学；我体会了他的心意，便悄悄地从座位上站起来，绕到教室的后面出去和他会合。

　　我永远记得和父亲并肩坐在空荡、黑暗的体育馆长椅上，而心里渴望着时光永远停止，或是快速跨过的情景。父亲先是取出温热的蒸饺和我一起吃，他细心地把白色保丽龙的盒子掀开，然后为我撕开卫生竹筷子的封套。我知道那是父亲在夜市入口的小摊上买的，摊子后面是宏光钟表行，隔壁是间杂货铺，杂货铺的天花板上吊着一包包的干鱿鱼和紫菜，老板娘是个扎着一条蓝围裙的胖女人……父亲取出口袋里的卫生纸放在我前面备用，他像面对一位长辈似的对待我，令我终生感激。我知道父亲拙于言辞，在面对生命中难以省略的伤痛时，更无力打破沉默。吃蒸饺的时候，我想起那些蒸饺原先排列在小蒸笼里冒着蒸汽的模样；我想起那个卖蒸饺的老人坐在圆凳上，被一团团白色水汽模糊了脸孔的形象；我仿佛看见父亲孤独地走上前去，两眼茫茫的老人从圆凳上站起来，剥下一只保丽龙盒子，再给它穿上一层透明的塑胶袋，然后掀开其中的一个蒸笼盖……我想到那些蒸饺原先蹲在竹笼子里高兴地窃窃私语着的样子,我想到这个世界上必定还有类似蒸笼那样温热且快乐的角落。那天晚上,是个寒冷的夏夜,父亲和我相对无语,临走前,他对我说了一句话:"好好活下去,不一定要在意别人的话,人生有时候要走自己的路。"

那句话同时把我和父亲变成了另外一个人。父亲成了我心目中的无名英雄,我永远忘不了,那天晚上,他为了避过校门口警卫的询问,索性爬墙离开的那一幕。在淡蓝色的月光映照下,他奋力攀上围墙,骑在墙顶上向我挥手,并且很诚恳地将手掌划向眉梢,向我行了一个军礼,然后才纵身跳落校外的小路上。我站在墙内,听到父亲落地的一声轻响,顿时热泪盈眶。我紧握双拳,叮嘱自己永远不可再有想死的念头。

就在我考上大学的那年暑假,父亲走上了自己的路。祖父去世后留下一大块田地,后来田地被划入住宅建地,父亲因此意外地得到了一笔可观的财富。他决定带着那笔财富从这个不愉快的家庭里抽身引退。

真正意外的是，一向争强好胜的母亲并未因为父亲离家而崩溃，也从不在我面前数落父亲的不是；虽然，她的情绪变得更为喜怒无常、阴晴难料，对我的挑剔也日渐严苛起来。父亲并没有变成一个罪恶的形象，他只是在我和母亲目光相接的时刻里，变成了一个空白的轮廓。

在那之后，父亲依然是我最好的朋友。

许多年过去了，我不曾再见过父亲一面，也不再收到他压在台灯下的只字片语。每隔一阵子，便会有某位亲戚绘声绘影地传来父亲开着豪华轿车出入赌场，或是和某某风尘女子同居的消息。

突然有一天，就像转述一则社会新闻那样，母亲告诉我父亲车祸身亡的消息。亲戚们都传说父亲是因为千金散尽之后，沦落到贫病交迫、众叛亲离的境地，所以才选择撞车自杀的。

父亲生前不告而别，从未改变他在我心中的地位。听到父亲的死讯，我没有在母亲面前掉眼泪。

背着母亲，我偷偷到父亲出事的现场去了几次，每次都待上很长的时间。父亲在我心中的无名英雄形象，变成了一个用白色漆线勾勒在柏油路面上的空白轮廓，肢体虽然扭曲，但是依然完整。南来北往的车辆不断地从父亲的轮廓上压辗而过，每压一回，关于父亲的生前种种便更加清晰起来。父亲依旧活在我的心中，依然继续为我增添新的记忆，只是不再与我分担新的悲伤。

蹲在父亲的身旁时，我不止一次地想起那个在夜市口卖蒸饺的老人。有时，我甚至有一个冲动，想要把父亲的死讯告诉他；我知道这一切都与他无干，我只是想看看他听到我的述说之后，在一阵阵的白色蒸汽包围下，依旧两眼茫茫，仿佛世事原本并无可喜，亦无甚可悲的模样。

父亲的轮廓日益模糊、褪色，终至消失不见。旧的路面被刮掉了，重新铺上一层新的碎石和柏油。那份曾经不止一次支持我活下去的力量将永远埋藏，不为外人所知，包括父亲在内。

父亲走后，我已习惯睡前不再将房门锁上。母亲几乎每夜都会来到我的房里,不同的是,她从不在我的书桌上留下任何字句,也从不扭亮任何一点灯光。我依旧像从前那样:在母亲转动门把的时候翻过身去面对墙壁,眯着双眼;我依然不敢贸然起身惊动母亲,依然没有勇气在那样的时刻里与母亲的眼神相对。

突然有一个晚上,当母亲走进来的那一刻,我从床上坐起来,叫唤了一声:"妈!"我听到母亲立在门边的黑影渐渐发出沉重的呼吸,过了不知道多久的时间,母亲的轮廓开始颤动、啜泣起来。我对自己突如其来的举动感到十分后悔,不知该如何面对这个终于到来的时刻。

母亲仿佛一个做错事的小孩那样,将门重新掩上、离去。我的眼前又恢复成一片黑暗。我坐在床沿,紧握双拳,心中又重新燃起了一股想死的念头。

台湾《联合文学》6月号,1998年

没有窗户的房间

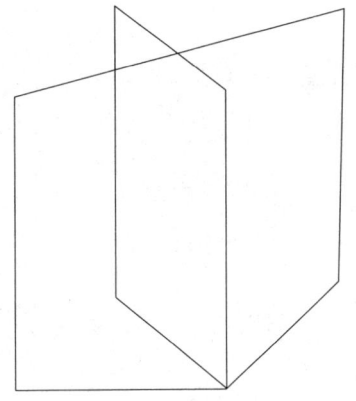

死亡就跟对发票一样,早晚会中奖的。不管你是他妈的吸血蝙蝠、九官鸟,还是什么死变态,早晚都会宾果的,奖品就是下地狱的入场券一张和孟婆汤一碗。

最近心情一天比一天坏，或许是太早接触死亡的缘故，我也不知道。毕竟我才二十二岁而已。

"接触死亡永远不嫌太早。"坤洲仔一面吹着口哨，一面用他的台湾国语回答我。坤洲仔永远在吹口哨。除了让亡者家属签收花篮的时候之外，他总是在吹口哨；最近他老爱吹那首《相逢夕阳下》，真他妈的难听死了。说真的，这个快乐得令人讨厌的家伙吹口哨的功力真不是盖的，那两张嘴皮子圈起来就像支汽笛似的，连我们老板最近花了三万块买来的那只九官鸟也比他逊多了。可是毕竟我的心情实在太坏了，当我把满腹的苦恼告诉他，却只换来这样一句做作的回答,真是令人不爽,恨不得用一只特大号的橡木桶把他的大嘴塞起来。

"谢了,坤大仔,你的话真有智慧。"

"当然有智慧,你爸我是社会大学哲学系毕业的咧,少年耶,好好看家,知呒?"

"我去你妈的,我——"

我的话还没讲完,坤洲仔已经很利索地把四只花篮架好,骑上他的"铃木125",嗖的一声往殡仪馆的方向驶去。

坤洲仔的话,倒提醒了我考夜大的事。昨天晚上老妈还打电话来,问我补习的事情,她说如果会妨碍读书的话,就把工作辞掉回下港补习算了。辞掉工作?我早就想辞掉这鬼工作了,可是读书又有屁用?况且,半工半读没考上大学还情有可原,没工作就没挡箭牌了,我才没那么笨咧!他妈的,当兵前要考大学,当兵后也要考大学,考考考考考考考,只有死人才不用考大学,死人只需要烤箱,不需要考大学。

"这就是超级大烤箱啦！"上班的第一天，坤洲仔带着我巡过一遍灵堂之后，就把我带到焚化炉前面，然后像百货公司的推销员那样开始跟我臭弹。坤洲仔那猪生狗养猫带大的死变态，上班第一天我就发现他离死人愈近心情就愈好，当他带我到第一停棺室里面的时候，口哨也吹得特别响。

走到冷藏室门口的时候我就不想干了。坤洲仔那个王八看我好像怕了，就从皮夹克的暗袋里掏出一盒槟榔来请我吃。他往嘴里塞了两颗，狠嚼几下，冲着身旁的一株铁树的针叶上啐了一口："免惊啦，没卵芭是吗？做一个月就习惯了。"坤洲仔吃槟榔的时候，我觉得他的咖啡色死牛皮夹克真是丑毙了，可惜我没心情告诉他，我只是垂头丧气地跟着他走到焚化炉旁边停下来。坤洲仔口沫横飞地向我介绍焚化炉的操作方式，我盯着旁边那块牌子上的说明，满脑空白。

  遇紧急状况时，按下绿色钮，炉门立即停止

关闭……

将焚化物一次投入炉内,之后离开炉门……

本设备只能焚化纸类、木材类,请勿投入其他物质……

"干!你有在听呒?"

"啥?"

"干你老岁仔,啊你拢没有听是呒?"

"有啊。"

"有啥?假猎你爸给你送入去烧烧掉给你讲,七月半的鸭子你不知死活,这'烤箱'不是玩笑耶……"

坤洲仔那个杂种后来说了些什么我全记不得了,我只记得当时全身发冷,看着那一排什么"安顺""至乐""慎终"的灵堂,从小到大,从来不曾那样从头到脚——连指甲都挤满了一大票鸡皮疙瘩。我觉得坤洲仔真是全世界最恶心的人,当他示范焚化炉的操作技巧时,我觉得自己好像变成了一尾冰冻的鲔鱼,被他用冷血的双手推进大烤箱里。他在关上烤箱的白铁闸门时，搞不好还会在我的死鱼眼上啐一口血红色的槟榔汁，然后冷笑着启动电源开关……想到这个画面，我就浑身都发抖起来。还有，灵堂牌楼上整齐排列的黄菊花也令人反胃极了。我真的恨死了那些保丽龙的白色美术字了，什么"林公定山先生大殓之灵堂""怀德厅签名处""杨母高太夫人灵右""金燕国际加值网路敬挽"……除了丑陋的保丽龙字，还有电子字幕上刺眼的小红点：王府、吴府、周府、李府……奠、奠、奠、奠、奠……

他妈妈的说什么做一个月就习惯了，坤洲仔说的比唱的好听，我已经做了二十九天了，鬼才相信老子会在一天之后就突然习惯了！就算我像"景行厅"旁边那棵大榕树一样在死人堆里混个五十年也不会习惯。死怎么习惯？有谁习惯死了？除非死了又活、活了又死，要不然怎么习惯？就算我真的会像坤洲仔那个畜牲一样习惯，那也得等到我也二十八岁的时候吧！想到我二十八岁时也跟坤洲仔一样整天嚼着槟榔吹着口哨，穿着一件土毙了的皮夹克到处敲诈死人钱,我就觉得恶心想吐。真搞不懂坤洲仔在照镜子的时候怎么没有当场吐死!

"俍客来坐"

全世界的九官鸟都只会说这一句鸟话吗?真是烦死了。等到我辞职不干了的那一天,我一定要把这只烦死人的九官鸟押到焚化炉里,然后按下红色的按钮把它烧个一干二净。人死了下地狱,那鸟死了呢?鸟死了下油锅正好变成鸟仔粑。想到那只呆鸟在油锅里拍着翅膀高喊"俍客来坐"的模样,我就觉得好笑。这是我今天第一次笑吧?或许是这个月第一次也说不定,我也不知道,反正我已经很久都笑不出来了。没想到这只三万块的笨鸟还有点用,至少我刚才真的笑了一下。

笑了一下又怎样?有一天我照样还是笑不出来的;这就是我最大的问题,我太早接触死亡了,搞得心情一天比一天坏。

昨天坤洲仔又丢了两个花篮,被老板娘削了一顿;这已经是这个月的第三次了,每次都掉两个。活该,谁叫他洗三温暖之前，不先把花篮收好？殡仪馆里面可不是只有死人啊！

"死人不会作怪啦，自己想看看。"坤洲仔听老板娘这样说的时候，心里大概很不是滋味，他不爽的时候就会一次连吃三颗槟榔，腮帮子鼓得肿肿的，像长了瘤似的。私底下坤洲仔跟我讲，他怀疑是大裕礼仪公司的那个驼背李仔干的好事，我倒不以为然。同行的谁会偷那些秽气的东西呢？我只是懒得反驳坤洲仔那个白痴罢了，像他那种猪头猪脑的人，要是不让他找到一个自以为是的理由，他就会像死猪那样整天发出令人厌恶的猪叫声。

管他去死的，想那么多干吗，反正老子已经决定不干了，每天掉一千个花篮也不干我屁事。这种每天跟死人打交道的日子实在是太衰了。老板人倒是不错，不会鸡鸡歪歪的；坤洲仔偶尔良心发现的时候也会塞个两仟块给我，或是请我去油压。可是，老板娘那个贱巴巴的样子实在看了很不爽，那副整天从起床之后就开始设计着从死人身上再剥一层皮的钱奴相，令我想吐。如果全世界的葬仪社都像她那样的话，所有的人都会死不瞑目的吧？接运、冷藏、洗身、化妆、大殓、火化、封罐、寄存，全都要故意拖延时辰敲一笔，寿衣、寿被、寿枕、鲜花、瓶花、相框花还要再剥一层皮；难怪阴魂不散的人愈来愈多，想来真叫人恶心。特别是吃饭的时候更教人受不了，每天看她用不锈钢筷子叉下一片鱼肚，送进嘴里左右开弓地吸吮着，然后再小心翼翼地退出鱼刺的样子，真是令人反胃透了。

　　他奶奶的，坤洲仔那死乌龟还不赶快回来顾店，再过一个小时还不回来，我就他妈的放一把火把店给烧了！我真的会把店给烧了，坤洲仔你娘的不要不信邪，老子把你床底下那几百本《花花公子》和 A 片全都烧给你祖公，你信不信！畜牲就是畜牲，坤洲仔这畜牲永远有用不完的精力，现在一定正在三夹板隔间里的丽珠仔身上，死死地抱着那具全身抹油的尸体抽筋呢。这些变态的家伙全都一个样儿！他妈的只要闻到尸体就精神百倍活力充沛。坤洲仔爽死的那一天我一定要亲手把他给烤了，老子就不信这杂碎能烧出舍利花来！

"俍客来坐"

"闭嘴，死鸟。"

没鸟用的贱货，有种给我探出头来，看我不用麻绳圈勒死你！勒死你再烧个透天独幢的鸟房子给你去吵死人去。

全世界的人要不是死了就是不见了，不见了的人都在油压店楼上死命地抹油，抹了一百次就变成木乃伊了。没错，坤洲仔那半死的人就该多抹点油。

一个小时时间到。老子不玩了，锁门！把门锁起来，让那只白痴九官鸟吊在那里顾店好了，没错，就留你个傻鸟给老板娘披麻戴孝吧！

有的时候我真的很恨自己死没出息的，走人就走人了嘛，干吗还假惺惺地到殡仪馆来跟坤洲仔说拜拜呢？都怪刚才不应该到恩主公去抽签的，到了恩主公那儿烧个香我就心软了，早知道就不抽签了。问什么前途嘛，就算白痴也看得出来我没有前途。这下好了，什么行船又偏偏遇到疯狗浪，什么中秋十五又没有看见月亮只有一片乌云的，干脆叫我自己了断，跳到焚化炉里去BBQ算了。对！这就是我又跑到殡仪馆的目的，我就是他妈的要自己跳进焚化炉里去展现我的气魄。问题就出在这里没错，我跳进烤箱里的时候，谁来帮我关上白铁闸门，再按上红色按钮呢？只有靠坤洲仔那没人性的王八蛋才有办法。他妈的焚化炉应该改装遥控的开关，否则全世界最后一个死人要怎么办？靠九官鸟吗？他妈的人衰的时候，跑来跑去的，最后还是跑到殡仪馆来，真他妈的没创意。所有的人跑来跑去最后还是跑到殡仪馆来，想来真令人英雄气短。

坤洲仔那阉猪倒还在丽珠仔的大屁股上滑来滑去地儿女情长呢！真他妈的一点创意也没有，滑来滑去滑不烦吗？滑到最后还不是滑到停尸间去。

搞什么飞机？景行厅、怀德厅、安顺厅，到处都看不到坤洲仔。说什么花篮被驼背李仔偷了，我看根本是坤洲仔那个杂碎自己把花篮拿去卖了。卖给谁呢？管他卖给谁,换个红色卡片写上恭贺某某王八羔子七秩晋六寿辰不就卖了?

老板娘应该回来了吧?那只吸血蝙蝠大概已经发现我这英雄已经落跑了吧?搞不好,现在那贱女人正从美容院里染了一头红发出来,在大门深锁的葬仪社门口不得其门而入呢。嘿嘿,这贱货现在知道我的气魄了吧!其他的过路人搞不好以为她家里死了人要来办丧事呢。贱女人,钥匙就埋在九官鸟的饲料杯底下,想不到吧?嘿嘿嘿,老子不干了,进不去也不干我鸟事。

今天可是出门遇贵人了,大概连恩主公也料想不到吧!真想让坤洲仔那八字轻的看看什么叫作"柳暗花明又一村",一定是老天爷欣赏我连行李都不要了的气魄,所以才安排我这么个好去处。今天就是老子出运的一天,可惜日记本留在葬仪社了,要不然真想记下这个人生的转捩点呢!

该怎么写呢?有好多想写的,譬如说:今天是个既倒霉又幸运的日子,倒霉的是,当我下定决心脱离那个死人堆的时候,竟然被一场大雨困在殡仪馆的员工消费合作社里,身上又没多少钱。买了两枝红豆牛奶冰棒来吃,愈吃愈冷,如果冷死在殡仪馆的话,倒像是自己送上门来似的便宜了那票收尸体的;幸运的是,就在老子他妈的快要驾崩的时候,孔雀鱼出现了。

孔雀鱼说话的方式真是酷毙了:

"雨天更适合死亡,你觉得呢?"

"啊——"

我觉得呢?我觉得还有人这么在乎我的感觉真是屌透了。可是,我觉得个屁啊?死亡就是他妈的死亡,就是他妈的没搞头了的意思,谁管你适不适合?死我可见多了,不信你可以去做问卷调查,没有人会觉得自己适合死亡的。死亡就跟对发票一样,早晚会中奖的。不管你是他妈的吸血蝙蝠、九官鸟,还是什么死变态,早晚都会宾果的,奖品就是下地狱的入场券一张和孟婆汤一碗。

坤洲仔那瘪三现在大概早已经趴在丽珠仔的床脚下泄了气了吧!那孝男仔搞不好还赖着不肯走人,想叫丽珠仔买一送一呢。想到他那贱兮兮的嘴脸就想仰天长笑，还敢说孔雀鱼是变态，我看坤洲仔这傻屌才是轰动武林的死变态咧！

第一次看见孔雀鱼的时候好像也是下雨天，大概是上班的第二天吧，坤洲仔正在教我调整遗像高度的时候，孔雀鱼正好穿着一套粉红色的西装，打着一把黑色的木柄大雨伞从景行厅的门口经过。当时，坤洲仔就站在供桌上拐过脖子，努着嘴叫我回头看门口：

"那个就是孔雀鱼，死变态耶！"

"为什么是死变态？"

"伊每礼拜至少来三次，好像在走灶脚咧，干伊娘伊厝哪会死这迡多侬？"

时常跑殡仪馆就是变态吗？够屌的人才会常常上殡仪馆呀，坤洲仔那没见识的，电视新闻上不是每天都在报说哪个王八又去给什么乌龟鞠躬了？人面阔嘛，有什么办法。不过说真的，每次看到孔雀鱼穿得那么酷坐在告别式场里面听随身听的样子，还真是他妈的怪怪的。

坤洲仔那土包子应该来孔雀鱼这儿看看人家的品味真不是盖的，比室内装潢杂志上的照片还正点多了。什么桧木和室、檀木地板、花岗石浴室、法国镶金边沙发椅都跟真的一样（本来就是真的）；别的不说，光是镀金的天鹅水龙头就不知道比那只下三滥的九官鸟还顺眼多少倍！还有，孔雀鱼说音响室里面那套什么欧迪欧什么铁路疯的音响就值一百多万咧，看影片的时候飞机的声音还会飞到墙外面去，够炫吧！连那张进口的丝毯都要三十几万，吓得我赶快把脚缩到沙发椅上。

　　若说孔雀鱼真的有什么变态的地方，那就是他真的太像孔雀了吧！真不知道他从哪里搞来这么多又怪又炫的衣服、领带、袜子和鞋子，搞不好他是时装设计师也说不定，谁知道？时装设计师穿衣服都是免钱的吧？穿衣服免钱还可以赚钱，真他妈的一样米饲百样人，像坤洲仔这种杂碎到死的时候还得花钱买寿衣穿呢！唉，其实我还不是一样，哪像孔雀鱼搞不好内裤就有一万件，一天穿一件都可以穿三十年。他妈的孔雀鱼要不是有五个佣人就是有一票马子天天帮他打扫这几百坪上下两层的房子,真他妈的连马桶都好像是用开水烫过的。混熟一点的话,搞不好孔雀鱼心血来潮分我一个马子罩一罩也说不定……

"自己选喜欢的,不要客气。"

"啊——"

这真是历史性的一刻,满满一长排的衣服随我选,这么多怎么选?一件接一件大概可以排到月球去了吧。我他妈的真的走运了,华盛顿像我这个年纪的时候大概还在种樱桃树吧?坤洲仔,你这土狗真该来开开眼界,看过以后保证你会把那土毙了的皮夹克拿去做棒球手套算了。人家的衬衫多正点,料子好不说(因为我也不知道是什么料子的),单单吊一排就像条彩虹似的。

这还只是楼下呢,楼上不知道还会炫成什么样子。希望孔雀鱼洗澡洗久一点,好让我把每一件衣服都穿一穿爽一爽。坤洲仔你这衰鬼,我现在可没空理你了,上次孔雀鱼穿到怀德厅的那套茄子色西装外套现在就穿在我身上,唉,可惜袖子长了点,穿起来有点垮垮的。这也是无可奈何的事,人家孔雀鱼多称头,大概才三十岁吧,发型是发型,头型是头型,搞不好连脚趾头都有型。坤洲仔你少废话我告诉你,老子再过几年说不定也屌了起来,到时候再借你几套过过瘾。不过,说真的,孔雀鱼老是穿得像孔雀似的参加葬礼,好像也太酷了点?要是被我老妈看见了,不叫人开着小发财连续广播一个月才怪。这大概就是职业病吧,就像我也有我的职业病,我的职业病就是因为我太常接触死亡的关系,所以变得愈来愈像死人,他妈的!

"先洗个澡吧,洗完澡比较舒服,我来准备一点好吃的东西。"

"啊——"

"啊——啊——啊",我他妈的就只会"啊——",没办法,坤洲仔你别笑,当心我扁你,换作你是我,搞不好还像个土芭乐似的,连按摩浴缸都不会用咧!

"灰色的是苏俄鱼子酱,沾烤土司配红酒还不错,吃吃看。"

"啊——"

有的时候真的觉得我的八字一定也是个贱格，总是快乐不起来，就像小时候读书的时候想游戏，游戏的时候想读书。坤洲仔你给我闭嘴我告诉你，你一定又要说"读书就是游戏，游戏就是读书"对不对？对、对、对，你是社会大学哲学系收尸组毕业的，你说的都对，"生就是死，死就是生"对不对？

坤洲仔，你他妈的一定会笑我孬种，才落跑不到一天就回来了，对不对？说真的，坤洲仔我跟你讲，孔雀鱼真的他妈的有一点怪怪的你知道吗，他喝酒是用奶瓶吸的，吸完一瓶又一瓶，还问我要不要吸吸看。坤洲仔，我也不知道怎么回答，就跟孔雀鱼说"待会儿"。我大概是想，待会儿的事谁知道呢？还有，孔雀鱼跟你一样很喜欢全身都抹油，抹的不知道是什么油，叫什么卡里卡里的听不懂，听孔雀鱼说是法国货，香香的，装在绿色的水晶玻璃罐子里。孔雀鱼抹完了就问我要不要抹，其实我不想抹，可是孔雀鱼说要帮我抹的时候，我就赶快自己抹了。其实我真的不想抹，只是那时候不抹油的话，我就不知道要干什么了，又没电视可以看。孔雀鱼一整晚都在吸奶瓶，边吸还边吞一种黑色的药丸，也不知道是什么牌子的饲料，反正我也看不懂就是了。一定是孔雀鱼听的那种什么鬼音乐才让我想抹油的，那种萨克斯风吹得好像有一只毛毛虫在我身上爬来爬去似的，我只是想抹点油让那只毛毛虫赶快滑掉罢了！

坤洲仔我跟你讲，孔雀鱼嗑药之后变得很好笑，他像日本摔角选手那样脱下身上的红色浴袍，然后往旁边一扔，全身上下只剩下一件豹皮花纹的丁字裤，然后跑到健身器上面去摇划桨。说真的，孔雀鱼的身材真是练出来的，全身油亮亮的肌肉这边鼓那边鼓的，真的挺正点的，看得我也想划一划。可是孔雀鱼闭着眼睛一划就是一个多小时，我只好自己放录影带来看。坤洲仔我跟你讲，孔雀鱼逊得连一支A片都没有，满满一抽屉都是葬礼告别式的录影带，我还看到孔雀鱼戴着一支很酷的雷朋墨镜跟一群人围在一个棺材旁边。孔雀鱼嘴巴动来动去的不知道在自言自语地说什么，说着说着眼镜下面就流出两行眼泪来了，那个镜头真的还蛮感人的。除了录影带，孔雀鱼还收集了好几百张讣闻，有的好像是从垃圾筒里面捡出来的，上面还沾了一摊擦不掉的槟榔汁。孔雀鱼搞不好跟我们是同行咧，几百张讣闻整整齐齐地收在透明档案夹里，看起来真的挺专业的！

更屌的还在后面呢，坤洲仔我告诉你，孔雀鱼划了一小时又四十七分钟之后，划得满身大汗，然后就跑上二楼去不鸟我了。你没看见他上楼的样子，好像梦游一样轻飘飘的，我叫他，他也不鸟我。不鸟我就算了，我自己一个人跑去偷开一罐鱼子酱，然后又烤了十二片土司来吃个爽。我还倒了一大杯酒来喝，可是鱼子酱真的蛮咸的，所以我只吃了四片就吃不下了。剩下的半罐鱼子酱被我丢到垃圾筒去了，现在想起来真的蛮可惜的。

吃完鱼子酱我就想走人了，走去哪儿呢？我也不知道，反正我就是想闪了。我在客厅里发呆了大概一百年吧，孔雀鱼都没有再下楼来。我想，还是去跟孔雀鱼说一声再闪人比较够意思一点。我爬楼梯上二楼的时候，听到孔雀鱼的房间里面传出那种毛毛虫的音乐，我敲敲门，没人鸟我，我就扭开门把，推开一道门缝。

坤洲仔你知道我看见什么吗？我告诉你，你的六个花篮就是被孔雀鱼干走的！孔雀鱼全身上下穿着一套黑得发亮的西装，黑色的领带，黑色的墨镜，黑色的袜子和皮鞋；直挺挺、硬邦邦地躺在床上，床头还点了两枝白色的蜡烛……坤洲仔我跟你讲，我当时真的有点寒了你知道吗？孔雀鱼的房间跟停尸间似的，连个窗户都没有。我以为孔雀鱼嗝屁了，赶快把门关上闪人了。可是，我知道孔雀鱼是装死的，为什么你知不知道？因为我发现孔雀鱼的石门水库那边正搭着帐篷，撑得高高的，那个样子想起来真的很好笑，大概是他妈的嗑药的威力吧，谁知道，反正老子闪人就对了。

这就是我又在半夜三更回到这死人堆，准备看老板娘脸色的原因。坤洲仔你别笑我告诉你，我可不是想念你,我只是他的妈的有点暂时无处可去的关系。你他妈的说的没错,做一个月就习惯了,可是老子还是要落跑的,我只是回来拿行李的我告诉你。

奇怪,钥匙怎么不见了,我明明把钥匙藏在饲料杯里啊,怎么会不见了?他妈的死鸟,竟敢把我的钥匙咬出来,还掉到下面的鸟粪堆里去,妈的,老子辞职不干的那一天一定把你给烤了!

"俍客来坐"

"闭上你的鸟嘴!"

"俍客来坐"

"贱鸟!关你屁事?"

第20届台湾"联合报文学奖"短篇小说评审奖,1998年

附 得奖感言：盛夏午后的相遇

在上班的路上会经过行天宫和台北市立第一殡仪馆，不知道为什么，后者对我的吸引力总是更大一些。某一天，在一篇文章上看到，说是经常逛逛墓园，对健康有益，令我幡然醒悟。

一个盛夏午后，我在殡仪馆焚化炉旁遇到了倾盆大雨，只得呆立于某厅外的廊檐下。其实，在平常的日子里，殡仪馆内是很冷清的；或许，真的愿意离开这个世界的人并不如想像中那样多。就在那个下午，我遇见了坤洲仔——一个诚实而可爱的人物。

密封罐子

妻是否的确也不想要小孩子，他没有认真地问过，只是在学校里到处都是小孩子，他觉得好像什么都不缺了。他没有什么太大的烦恼，在山上生活这些年以来，这一直是最令他担心的地方。

他盘腿坐在客厅的榻榻米上，前方的桧木小方桌上有一碗蒸腾着热气的乌龙面，规规矩矩的一碗面，装在圆口的小铝锅和井字形的木格子里。木纹细密优雅的桌面上，还躺着一枝刚从院子里折下来的白色山茶花，素净的花瓣羞怯地依偎在一起，泛起丝绸般的月光，仿佛是一个沉睡中的女婴。

他的镜片上泛起一片迷蒙。

他起身推开玄关的纱门，步下一级石阶，麻绿水凉的石面总是令他感伤，像是一个女子贞定的心意。站在那株高大的茶花树旁，又总是让他联想到：妻的前世也许是一个日本女子？一个热爱白色山茶花的日本女子。

他的手上握着一柄光洁利落的圆锹，回忆往事使他的手臂颤抖起来。

八年前，他和妻自同一所师专毕业，就在毕业旅行的途中，他们来到这偏僻小镇的山城，一起发现这间当时已荒废的日式木造房子。他还记得，无意中遇见这房子时，妻的欣喜神情，就像一尾刚被钓者重新放回溪流里的小鱼，仓皇而幸福。

在山城的小学里教书，住木造房子，院子里有一株油绿的山茶花，清静过日，然后服务届满领一张奖状，退休，他觉得并无不妥。超乎预期的是，婚后一年之内，妻便把原本荒废的屋子打理得窗明几净、纤尘不染，而他也已经习惯了在晨起梳洗之后、上学校之前，坐在凭窗的大木桌旁临几个文徵明体的大字。他写得不多，有时一天只两三个字。他写得很慢，比晨光自木格窗棂外漫进来的速度还要慢。有时，一阵清淡的花香自窗外经过，他便放下毛笔，抬起头，好像在目送一位老邻居；等花香走过，再重新添加几笔，补完一个字。

妻说他的毛笔字写得极好，不应该放弃。他没有表示意见。他只觉得早起很好，于是便起得愈来愈早；至于写字，他倒不甚在意，临帖而已，日子久了自然像。他不心急。他看着窗外的时间比凝视桌面的时间还多。他的书桌很大，桌面上铺着一张咸橄榄色的大军毯，仿佛深陷在沉睡之中。在他写字的时候，有时可以看见妻在准备早餐的当儿，会走到院子里的茶花树下，手上的剪子在树枝上挑几下，又走进屋内。他知道，过一会儿，他的桌面上便会多了一枝斜躺的白色山茶花。也就因为如此，他从没有动过画画的念头。

妻喜欢花，所有的花。上班之前，他会把妻的脚踏车也推到门外的小路上，在那一排扶桑花旁独自抽完一支烟。妻顺手带上红色的小木门时，他便跨坐到车垫上，顺势往前一滑，说声："走了。"便向前骑去。他必须骑在前头，否则这一路上妻便会不停地回过头来，叫他注意路边新冒出来的小花，黄的、浅紫的、粉红的……

到了晚上，他们大多吃热腾腾的乌龙面。两只圆鼓似的铝锅架在井字的木框格里，白色的水煮蛋、白色的面条，还有小木桌上白色的山茶花瓣。他们没买电视机，因为早睡早起，看的机会不多。学校里有报纸，偶尔他也带几张回来留着包东西用。

妻是否的确也不想要小孩子，他没有认真地问过，只是在学校里到处都是小孩子，他觉得好像什么都不缺了。他没有什么太大的烦恼，在山上生活这些年以来，这一直是最令他担心的地方。

妻过世之后，他又独自生活了一年。这一年之中，母亲是唯一上山来看过他的人。

"当初生个小孩就好了。"偶尔，在母亲下山离去之后，他在客厅里独自吃面的时候，耳畔会突然冒出这一句话来。惯常的晨起之后，独自坐在倚窗的书桌旁，始终挥之不去的，则是他们第一次发现这幢木造房子时，妻脸上浮现的喜悦之情：

"好恐怖哦！"

在妻的语言之中,这句话是用来表示极度高兴的意思。

现在的他知道,即使没有他,母亲依然会活得好好的。他从来不曾小看母亲。现在,他也不再小看自己了。

半边月亮从茶树顶上探出头来,水洗过的光泽,像是面锅里冷去的蛋白。

确定了正确位置之后,他小心翼翼地从茶树下铲起第一把泥土,掘开的地方,细小的须根流出白色的汁液,像一束被切开的血管。

那个玻璃罐子还在更深的地方,他记得很清楚。

搬到山上的第三个元宵节夜晚,他和妻一起埋藏了这个西班牙手工制的玻璃密封罐子,地点是妻挑选的,在茶花树下。

那天晚上,就在他刚刷过牙准备就寝时,原本平静的屋外,突然传来一串小孩子的嬉闹声。正在院子里浇花的妻子唤他出来看,是一群邻家的小孩正提着一只只灯笼,打他们的门口经过。那些小孩他全认得,正在尖声吵闹着的是还未上学的小阿珠,她的哥哥阿治独占了一把红色的小蜡烛,她正气恼着牛奶罐里的火光快灭了呢!

"好好玩哦,好想提灯笼哪。"妻说。

他也找来两个空牛奶罐,用一根钉子在底部打了许多小圆洞,再用一根细铁丝串起两个简陋的灯笼;妻从厨房里搜出了为台风天而准备的蜡烛,他用打火机在蜡烛底部烧了一下,把蜡烛粘在圆形的牛奶罐里。妻高兴地拍起手来。

等他和妻一人提了一个灯笼走到门外时,那群小孩早已经不见了踪影。

"奇怪,刚刚还闹哄哄的,怎么一下子就静悄悄了。"妻望向树林那头,除了一盏昏黄的路灯之外,只剩下一片漆黑的夜色。

那天晚上,他陪着妻在山间的小路上提灯笼,他们像两只迷路的萤火虫在黑夜里寻觅那群小孩子,直到点完了所有的蜡烛,都没有找到。

那个夜晚,妻表现出前所未有的固执。

那也是他们在山上的日子里唯一的一次失眠。

半夜,他们客厅里的灯还亮着。

"我们来玩一个游戏好不好?"妻说。

"什么游戏?"

"就是各自写下一句最想告诉对方的话,然后装在一个玻璃罐子里,再把它埋在土底下,过二十年之后才可以挖出来,看看对方写了什么。"

"无聊。"

"哪会无聊。"

他知道他拗不过妻。他取过妻预备好的纸片,走进书房里去。

虽然只要交出一句话,他却感到异常地烦闷。"好了没?"妻在客厅那头不停地催促着。

"二十年之后,妻必定早就忘了这件事了吧。"他在心里想着,便把空白的纸片卷起,再对折。妻已经投入她的纸片了,他故作神秘地对妻子笑了笑,投下他的。

院子里的茶花树下挖出了一个一尺多深的洞,他取出那个玻璃罐子,用手抹掉外边的一圈泥土。

月光下,他举起那个密封罐子,光线穿过玻璃。他看见罐子里只剩下一张纸片，还未打开盖子，他便已经猜到了：剩下来的必定是他当年投入的那张空白纸片。

　　他知道，在埋完罐子之后，妻必定曾经背着他挖出罐子，取出纸片来看。当妻发现他投入的只是一张空白纸片时，就把她自己的那张给收走了。

　　妻的纸片上，究竟写了什么呢？

　　他打开罐子，取出那张空白的纸片，然后重新扣上罐盖，再把它埋回土底下。他笑了。

　　游戏结束了，或者说，才刚刚开始就结束了。他想起了那个不太遥远的元宵节深夜，在回家的路上，妻仍旧焦急地提着火光微弱的灯笼，想要寻找那一群邻家的小孩。当时，他走在妻的背后，看见她拖在身后的黑影在山路上孤单地颤抖着……

　　现在回想起来，早在那个提灯的夜晚，妻便已经离他而去了。

台湾《联合文学》1月号，1999年

木鱼

也许是因为母亲节的缘故,路上那些牵着小孩的母亲脸庞似乎都散发出朝阳般的光泽,令他觉得自己黯然失色。他抬头向大楼之间的天际望去,晴空里的云朵很有耐心地静止着。"一辈子很快就过完了,没什么大不了的。"他想。

五月的第二个星期天早晨，王毅民在醒来的那一刻流下泪来。他以为自己睡过头了，事实上并没有。六点二十六分，比他预定起床的时间还早了四分钟。他捞起昨晚刻意摆在墙角的黑色方型闹钟，按下上方凸出的按钮，再摆回音响旁边的一只浅碟子里。平常上班的日子，他不乏迟到的纪录，不过，他从未在星期天晚起过，因为这是他最重视的、为自己而活的日子。

　　每天早晨，他起床之后第一件事就是走进浴室里，打开水龙头接一缸热水，然后到厨房冲一杯三合一的咖啡，抽根筷子搅两下，再坐到客厅的沙发上，边喝咖啡，边一根接一根地抽着香烟。他在屋内的许多角落都放了香烟和打火机，它们就像纸巾一样摆在伸手可及的地方。在浴缸的热水哗哗溢出之时，他通常已经按熄四支香烟、喝完一杯咖啡，可是，在泡过热水澡之前，咖啡和香烟并不能纾解他的神经和肌肉。每天早晨，他都厌恨着自己浮肿的躯体，认为它一点可取之处都没有。今天也不例外，沉进浴缸里的时候，他想到一个憎恶自己的原因：就像一切会腐坏的东西一样，肉体终究无可挽救。

大约从二十岁左右开始，他就注意到：每年的母亲节，总会令他像个癌症病人那样整天想着自己的身体；现在，又一个二十年过去了，情况依然没变，只是哀伤的感受更深刻了，除了自己，他还不断想到母亲。他想，如果母亲地下有知，必定会为他难过着。母亲节总是令他自责，因为他一点也不喜欢自己。最近，他时常想象自己是高速公路上一只慌张的流浪狗，被迎面而来的车流碾压成一张血肉模糊的破布。当他这样想着的时候，他觉得母亲就在不远处看着他。他很厌恶这种联想，却不断地这样偷偷接近母亲。母亲一直是他最想念的人。

浴室墙壁上的镜子渐渐模糊起来，他回味起从前陪母亲上市场买菜的幸福感。他喜欢静立一旁看穿母亲挑剔菜叶太老的小伎俩，他渴望再一次看见母亲用枯萎干瘪的手指死命捏紧花布小钱包的样子。他想，如果还能再陪母亲去买菜的话，他要走在母亲前面，为她排开拥挤的人潮；他不会抢着替母亲提菜篮，因为那会使母亲少去一些快乐；在母亲紧迫盯人似的问他想吃什么时，他也绝对不再沉默不语，即使他真的觉得吃什么并不重要，也不会再表现出一副无所谓的样子。"苦瓜排骨汤好了，清火，炒小鱼干也很好吃。先买苦瓜吧！"他想，他大概会这样说吧！

热水将皮肤泡软之后，身体的酸痛感暂时消失了，轻盈盈的无聊从水底慢慢升起一如马桶水箱内的浮球。他木然坐起，扛起自己的体重，将水塞子自下方拔起，抽出浴巾，擦干酒红发皱的皮肤。王毅民赤裸地坐回沙发上，开始抽今天的第五根香烟，享受短暂的干燥与舒适。他用遥控器打开电视，希望借着新闻主播连珠炮似的语音来中断他对母亲的想念。离婚后独居的两年多以来，他发现这个方法很有效。对他来说，画面上快速流动的新闻事件和人物面孔，就像前方一大群愈聚愈多的鸽子一般，可以使人分心，不再注意自己。今天也不例外，他借着一件发生在加尔各答的空难事件暂时忘了母亲，还有他正要开始思念的童年时光。

心情放松之后，他茫然地看着视线前方隆起的肚围和外翻的皱褶，再将目光转移到落地窗外那片侧斜的青山，和山脚下铁黑色的河面。那片山景并不美，参差拥挤的墓冢刮去了大半的绿意，河水似乎感染了过多的死亡气息，因而显得犹豫不前。不过，他始终认为这幕窗景透露出一股无可替代的静穆，特别是今天，他发现在山坳树丛间，有一些晨起爬山健行的人影，心中那份遥远而深幽的感受就更加分明起来。他站到窗前，极目眺望那些在坟堆和树丛之间谨慎地、慢慢游动的小圆点，内心感动莫名。有一瞬间，他觉得自己仿佛加入了登山的队伍，正在吃力地钻过土堆之间的曲折小径，默默地潜行着，像一群穿过水藻的小鱼。他的心底浮起一阵少有的、衷心期待死去的宁静感，直到黝黑的河面开始反射出一些刺眼的光芒时，他的身体又开始酸痛了，酸痛的感觉如影随形，宛如恶意的嘲弄。

第六根香烟是在浴室的大圆镜前点着的。那时，他正为当天的衣着烦恼着；或者说，他很厌恶自己为了这种无聊的事情而烦恼，特别是去探视自己的儿子之前。为什么要在自己的儿子面前装模作样呢？就算让前妻觉得自己丑陋得像是受尽了折磨，又怎么样呢？不过是白天里的几个小时而已，到了晚上独处的时候，他有把握让自己平静得像一具尸体。想象着一顶棺材盖子从上方罩下来的样子，他在镜子里露出了一抹坦然的浅笑，转过身去把地上的一堆衣服重新折好再放回衣橱里去。"没什么大不了的，一辈子很快就过完了。"收拾衣服的时候，他不断重复地在心里诉说着。

＊

　　置身在捷运车站的人群中时，他又为自己太过随兴的穿着而烦躁不安起来。因为计划要陪儿子平平打一天篮球，他换上一件运动短裤、圆领衫、薄夹克和一双大球鞋。球鞋很脏，不过，他在路上买了篮球，他把崭新的篮球夹在手臂下，走几步又忍不住拍几下。直到篮球被地上凸出的小石子弹到一间样品屋的花圃里去之前，他还保持着很愉快的心情。为了捡回卡在那堆景观石之间的篮球，他费力地站在一块巨石的斜面上，谨慎地保持身体的平衡之后，才缓缓地依垂直方向蹲下，僵硬地探出手去把球捞起。就在这一刻，他从接待中心的深咖啡色玻璃帷幕上瞥见了自己可笑的样子。他看见自己映在落地窗格内的模样就像一个秃顶咧嘴、大腹便便的小丑。他蓦然想到，已经很久没有这样注视过自己了；直到这一刻，他才在那团弯身捡球的身影里发现到，自己的肚子看起来比一个篮球还大得多。捡完球，他立在大石头上端详自己,一双短腿从裤管里胀出来,短裤上方是圆鼓鼓的肚皮,再上去是圆秃秃的脑袋,他觉得自己难看得像是一只没有汗腺的肥猪。他合上眼,从巨石上跳下来,感觉到腰间的肉袋像一顶降落伞似的隔了好几秒钟才跟随着自己落地。

"往昔所造诸恶业,皆由无始贪嗔痴,从身语意之所生,我今佛前求忏悔。罪从心起将心忏,心若灭时罪亦亡,心亡罪灭两俱空,是则名为真忏悔。南无阿弥陀佛……"列车还未进站的时候,王毅民坐在灰色的候车椅上,左手弯里夹着一个黄、紫色相间的篮球,右手持着刚从手腕上摘下的念珠,每念一遍,就拨动一颗念珠。大约念了二十遍之后,厌恶自己的感觉便慢慢降低了。过了几分钟,一班干净明亮的列车进站,王毅民跟在人群后面上了车。他不希望手上的篮球被人挤掉,这一整天,他都不想再捡球了。

捷运淡水线通车之后,王毅民便喜欢上那种明亮的车厢。架设在半空中混凝土梁柱上的车轨,使他能够从高处俯瞰街景，并且和马路上的人群保持着一个适当的距离。列车娓娓地从几楼高的住户窗外滑过，像一抹悠哉的云朵。他喜欢这样在半空中游过窗外的那些水泥方格，这个时候，他感觉自己像一只离群的鸽子，一只落在电线杆上冷眼旁观的灰鸽子。

也许是因为母亲节的缘故，车厢内一些带着小孩子的母亲，脸上似乎都散发出朝阳般的光泽，顿使他觉得自己黯然失色。一个刚学会走路的小孩子，手上拿着一个奶瓶摇摇晃晃地向他的座位走近，王毅民把双脚往内收，偏过头去看着窗外远处深绿色的观音山；他把目光放置在观音的额头至鼻尖的那一段棱线上——一道优美静穆的圆弧，饱满而哀伤的动人线条。他又想起了母亲。

他想起初二那年，他第一次从母亲的钱包里偷了五十块钱的那个早晨。他偷钱时咬着牙，为了和同学约好了在暑假的第一天去看一场电影。片名他忘记了，是当时时髦的文艺爱情电影，他还记得女主角穿着紧身的大尖领条纹衬衫和大喇叭裤，眼睫毛长长鬈鬈的。那天早上，他从小钱包里抽出一张五十块的钞票，折成小小的方块，包在口袋里的一叠卫生纸内，仿佛那张纸钞会流汗似的。他匆匆吃完早饭，还很懂事地把碗筷放进水槽里浸泡着。往公车站走去的半路上，他便开始担心了起来。坐上公车，车上只有司机和他两个人，一路上车行顺畅，行经中兴大桥的时候，他看见河心里的沙洲上，有一个头戴竹笠的种菜妇人，她穿着一双黑色的大雨鞋，背对着大桥蹲在小菜圃上摘菜叶。他看见前座的胶皮车椅背上，有人用签字笔写了"去你妈的"四个歪斜的大字，突然间，他强烈地渴望见到母亲。他想到，此刻，母亲可能正在浴室里，坐在木头小板凳上帮他清洗昨天换下来的制服；板凳的一只脚因为浸水过久的关系而腐蚀了一截，母亲揉搓衣服的时候，小板凳也跟着一前一后地摇动着。他脑中浮现了母亲蹲在铝制大澡盆旁边的肥胖身影，他想到，下午，母亲可能会误以为掉钱而自责的神情，突然间，他看着窗外颠簸的风景啜泣了起来。

"往昔所造诸恶业，皆由无始贪嗔痴，从身语意之所生……心亡罪灭两俱空……南无阿弥陀佛。"王毅民紧紧捏住手上的念珠,每念一遍就拨动一颗珠子。他喜欢坐在捷运的车厢里回首过去的点滴,在这些时刻,他总是很容易感动的。

"今天是母亲节,"他对自己说着,然后又拨动了一颗珠子,"一辈子很快就过完了。"

*

每隔一周的星期天早晨,他便会来到这个社区小公园里,坐在一棵不知名的大树底下抽烟、喝罐装咖啡。夏天,这棵树下有很好的树荫,冬天则有四下飘散的枯叶。今天,他来得早了一些。他不止一次提醒自己,应该带一台随身听好让自己听些钢琴曲,或是广播节目什么的;可是总没记得,因此,每一次懊悔,都让他更寂寞了些。

小公园的一头有一个白衣妇人似乎在修练某种气功,她时而站在原地快速颤动全身,口中念念有词;时而在一棵大榕树下疾走绕圈,或是突然停下来将双掌和额头贴靠在树皮上静止不动。在他的左前方,有一个外籍女佣正陪伴着一个荡秋千的小女孩,女孩细小的身体陷在一只黑色的轮胎里。女佣一面轻轻摇动悬吊轮胎的铁链,一面小声地哼唱着故乡的歌曲,当她忘记歌词的时候,就又从头开始唱。四周非常地静,歌声虽小,但是很清晰。过了一会儿,王毅民不自觉地开始用脚尖在地上打拍子,偶尔也跟着哼上几句。秋千持续稳定地摇摆,小女孩坐在上面看着前方,一动也不动,似乎对声音没有任何反应。

抽完两支烟,王毅民看看手表,又抬起头来往一排四层楼的旧式公寓望去,他的视线停留在那个装了全新白铁窗的阳台上。细长型的铁窗格子后面伸出一株石榴的果实,和一盆椒草的茎叶,是浅绿色带点白斑的心形叶子。那盆椒草是他婚后买的第一个盆栽,他还记得,买的时候,园艺店老板指着盆栽告诉他:再也没有比它更容易活的了,连这也养不好的话,其他都免谈了。此刻,他坐在公园椅上,突然忆起了那个老板当时说话的表情和手势,仿佛才是几天前的事情。

他从长椅上站起来,为了避免踩到地上一片干枯而完整的大叶子,他绕了几步走出小公园,走向出口旁的一家佛具店去。进去之前,他把篮球放在店门口置放雨伞的铁架子上。

顾店的是一个学生模样的大女孩,素净的脸,短而直的头发,见他走进,很礼貌地对他微笑颔首:"阿弥陀佛。"他向她点头微笑,然后在心里默念了一次:"阿弥陀佛。"

和其他的店没有什么不同,这里的佛像都很庄严,具足威仪。他一直想要找寻一尊看起来有点不一样的佛像,可是总未能如愿。他想找那种令人感觉无比亲切,似乎正在耐心听人说话的佛像。如果必要的话,他愿意用自己工作一年的所得,来换取这样的一尊佛像,或者,他愿意用自己的全部所有来交换也说不定。

室内飘散的沉香气味令他觉得宁静而安详,玄关那头有一间木造的佛堂,佛堂里莲灯绽放,正在播放唱诵佛号的录音带。那是快速持名的段落，木鱼的敲击声低沉而规律，他觉得那声音清而远，好听极了，仿佛发自一口幽深的老井，木质的水声，坚定而温和。

"对不起，请问有没有'木鱼'的录音带或是CD？"王毅民踅到矮玻璃柜前面，向那位大女孩问道。问话的时候，他看见自己倒映在玻璃上的身影，他觉得自己像是一个退休了二十年的篮球队员。

"嗯，你是指有木鱼声音的录音带，还是全部都是'木鱼'的？"大女孩的回答极有礼貌，这使她的脸庞泛起了一层光泽。

"全部都——嗯——不一定，只要是——我的意思是——"

在那一瞬间，王毅民想到了"庄严""神圣""宁静""安详""温暖""从容""遥远"等等字眼，但是这些词语一下子全飞远了，一个也留不住。木鱼的声音太简单了，他形容不了，于是便愣在那儿，什么话也没说。

"我放一些让你听听看好不好，因为用讲的哦，可能比较不清楚。"

"好，好，"王毅民看了一眼手表，"嗯，我改天再来——对不起，待会儿还有一点事，哎，还是下次好了，嗯……谢谢，谢谢，谢谢。"话刚说完，他便低着头往门口走去，不知道是不愿看见玻璃上自己的身影，还是畏惧着那一张素净而没有心事的青春容颜，他觉得向外走去是最好的办法。此时他又深深地渴望起那一圈树荫，同时也思念起那几片落叶来。用力推开厚重的玻璃门，再轻轻合上，他从雨伞架上拾起篮球捧在胸前，慢慢地踱回原先的座椅上。

远远地，他看见一个从前的老邻居向自己的方向走来，一位不太友善、从来不与人打招呼的老先生，每次出门，手上总是拎着一小袋垃圾。王毅民知道他不会跟自己打招呼，但他还是合上了眼，他的眼睛眯得只剩下一小条细缝。

老先生已经走过去了，他感觉得到那远去的脚步声。先前的女佣和小女孩也不见了，整个小公园只剩下他一个人，还有一群飞上飞下的小鸟。他闭着眼，听到悦耳的鸟叫声，声音细密快速宛如转动中的缝纫机，还有一些声音，像是丝丝的雨点打落树叶的声音。听着听着，原本柔弱的声响渐渐转为沉稳而绵长，像是悠扬的木鱼声……他觉得臃肿的身体轻快了起来，于是取下手腕上的念珠细细地拨动着。他察觉到心底慢慢地敲打出一种节奏，这分感受让他觉得很充实，仿佛自己变成了一种不知名的乐器。阳光穿过他的眼皮，投下一片温和的光亮，他开始用一种儿歌般的旋律，轻轻张嘴小声唱诵着："往昔所造诸恶业，皆由无始贪嗔痴……罪从心起将心忏，心若灭时罪亦亡……南无阿弥陀佛……"拨动佛珠的时候，他的身体也十分有韵律地轻轻摇动着。念了几遍之后，他渐渐感到全身上下密布了一股细微的颤动，这些震动加快了念诵的速度，他仿佛正从一个大斜坡上向下奔跑着那样停不下来。一个清楚而诚恳的声音从他的胸口往上升，一直升到他的头盖骨上，他感觉声音是从他的头顶上发出来的，一种平和而急促的声响，使他的上半身不由自主地,像一个陀螺般地旋转起来;他发现自己正用着一种不可思议的、流畅而圆融的速度和语音唱念着,那样结实而且清晰的声音,他几乎不敢相信是由自己发出来的。每一分钟怕可以说出几万个句子吧,他想。源源不断的语句持续汩流而出,王毅民突然觉得自己像是一台快速的打字机似的,不停地敲打出一长串紧密如铰链的絮语,倏地又像彩带似的向晴空盘桓而去……他发觉自己沉浸在一个和睦而悠远的光辉之中,安稳一如恒星。同时,他又察觉到自己心中不断冒出一个卑微而又强壮的杂念:他渴望在这温暖的光照下悄悄死去。

"……从身语意之所生我今佛前求忏悔罪从心起将心忏心若灭时罪亦亡心亡罪灭两俱空是则名为真忏悔南无阿弥陀佛南无观世音菩萨南无地藏菩萨……"

"爸爸——爸爸——你在干吗啦!"

王毅民回过神来,上半身还不由自主地轻轻旋转着;他揉揉眼睛,看见五岁的小儿子平平正探出手来挖他抱在腿上的那个篮球。他今天穿着一套水蓝色的小西装,他的母亲则是平常的居家打扮，一件浅紫色棉T恤，一条卡其百慕达短裤，脸上没有化妆。他注意到她的手上拿着一支行动电话，不知道是正在等待着什么电话，或是害怕错过了什么重要的电话。

"爸爸，你刚才在做什么？"平平童稚而好奇的声音，令王毅民觉得很温暖，倒是一身隆重的、小大人似的穿着，令他觉得与小男孩应有的活泼可爱很不相称。他抬头望了前妻许又芬一眼，她背对他看着远方。王毅民将篮球交到平平手上，用手摸摸小男孩的头发和耳珠子，没有回答他的问题。

"爸爸，今天是母亲节，我有帮忙做家事哟！"

"平平好乖，平平做了什么？"

"我有帮妈妈煮饭、拖地、打扫房间、洗衣服、收玩具、看电视，还有写ABCD……"

"平平好乖。"

"我们老师有说，母亲节要帮妈妈的忙，还要带妈妈出去玩，还要买礼物给妈妈。"

"平平好听话。"

王毅民取出口袋里的卫生纸,把平平眼角上的一点灰垢擦掉。平平开心地笑起来,一面把那篮球当成了小皮球在公园的石板地上拍着。篮球发出很大的声音,树上的小鸟开始不安地在两棵大树间飞来飞去。

就在王毅民准备起身去和平平一起拍球的时候,许又芬陡地转过身来,走到平平身边,将篮球一把捞走,尖声说道:"平平,叫你要小心不要弄脏衣服,你又讲不听了是不是!"

失去篮球的小男孩用失望的表情看着王毅民。王毅民低下头来,他在心里默默地诉说着:"衣服弄脏了没关系嘛,衣服本来就会脏的,这就是衣服,脏了再洗,衣服脏了可以再洗,这就是衣服……""衣服脏了没有关系,衣服脏了再洗就好了……人生很快就过去了。"

许又芬一手托起篮球,另一手依旧拿着那支行动电话,再次背过身去。静默的时光渐渐变成一种负担,王毅民想要说些话来缓和气氛,可是一时也无话可说。他闭上眼,搓揉手心里的菩提子念珠,手指上传来油润光泽的木质触感。他把注意力集中在这一分单纯的抚慰中,觉得心中渐渐坦然起来。隐约地,他闻到一股带有绿叶清香的气味,耳畔也传来了轻灵的鸟鸣声,嘈嘈切切又井然有序地错落着,宛如许多大小不同的木鱼同时叩响着,极为悦耳的回音,令他产生了一个莫名的念头。他忽然希望时间就这样静止在一个点上,在这样的一个平凡时刻里,美好尚未来到,悲伤还没开始,如果时间能够就此停驻,似乎是一件值得庆幸的事呢!这样想着,他不禁露出了浅浅的笑容,一股强韧的信心由他心底升起,他知道这一整天会过得平静而感人。

"爸爸——你在干吗啦?"

"爸爸在想今天要带平平去哪里啊!"

"爸爸,今天要打篮球啊?"小男孩转过头看着他母亲手上的篮球。

"今天不打篮球,爸爸今天已经打过篮球了。"

"那今天要去哪里?"

"今天要去吃麦当劳，吃完麦当劳去买玩具，买完玩具去看电影，看完电影再去看动物园，看完动物园再去吃麦当劳，吃完麦当劳再吃米老鼠……"

听到王毅民说要"吃米老鼠"时，小男孩像是被人搔痒似的咯咯大笑起来。

"妈妈，爸爸好好笑哦，爸爸说要吃米老鼠！"

"吃完米老鼠，再吃唐老鸭。"王毅民说完，自己也笑了起来。他看着小男孩脸上灿烂的笑容，就像他脖子上的红色蝴蝶结一样突出。

行动电话的声音在这一串笑声之中响起，许又芬把篮球放到地上用脚踩着，背对着他们，用很细小的声音对着手机说话。

小男孩走到他母亲身后，他想告诉她关于吃米老鼠和唐老鸭的事情，见她还在说话，于是他蹲下身去把篮球从母亲的脚底下拔出来，然后走回到父亲的身旁坐下，抱着球，没有说话。王毅民伸出一只手臂把小男孩瘦小的身体圈在身旁，他用手指抚摸他柔软、带点咖啡色的头发，一股温暖的感受从指腹传上心头，他的手掌在小男孩的额头上滑过，轻轻地捻着一小绺发丝，像是在抚摩着一串美丽的念珠似的令他感动。王毅民的心里又响起了幽微的敲击声，沉稳而虔诚，宛如愉悦的冥想。他想起来了，那种木质的音声就是一个父亲的心声。是一个父亲祈祷时的喃喃低语。他抬起头来望着这个公园的四周，清爽宜人的微风拂过，婆娑的树叶簌簌地摇动着，他仿佛见着了一尊善于倾听的佛像。他闭上眼睛，感受到那佛像脸庞柔和的木纹肌理，佛手饱满而深情，像是准备牵扶一个哭泣着的小孩。"今天是母亲节。""……母亲是无法取代的。"他陷入对母亲的深深想念中。他很想对身旁的小男孩说说自己的母亲，但他不知道该如何描述一个人失去母亲的感受，毕竟，小男孩的年纪还小，而且，他的母亲此刻正站在他的眼前打电话。

许又芬打行动电话的样子，不曾出现在他们的婚姻生活中。他们离婚的时候，行动电话还不容易看到，她的姿态，令他感到陌生。他想到，母亲生前对电话有一种莫名的恐惧感，好像话筒是一种慑人的东西。"母亲是对的。"他想，一个人说话的时候，应该像木鱼一样充满情感，而不只是传递消息。

许又芬讲完电话，转过身来，走到平平身旁，一把捞起他怀里的篮球：

"平平，你怎么老是不听话，叫你要注意别弄脏衣服，你怎么搞的，你看，脏死了！"

"妈妈，爸爸刚才说要吃麦当劳，还要吃米老鼠跟唐老鸭……"小男孩低垂着头，他说话的时候，紧紧地握着父亲的大手掌，声音愈来愈小，最后似乎是在对自己低声嗫嚅着。

*

"今天是母亲节，一起陪陪儿子吧？"

"我跟美容院讲好了去洗头。"

"晚上再去洗可不可以？"

"下午有事。"

"什么事?"

"见传播公司的人。"

"做什么?"

"有人找平平拍广告片。"

"拍什么广告?"

"旅行社的广告。"

"小孩子要念书,拍广告会影响功课。"

"广告又不是天天拍!"

"小孩子要正常一点。"

"拍广告有什么不正常?"

"会让小孩子以为自己跟别人不一样?"

"人本来就不一样。"

"你可不可以懂事一点?"

"你呢?你呢!"

"我不同意平平拍广告!"

"不需要你同意。"

"你以后会后悔的。"

"十二点以前带平平回来,我跟人家约好了。最晚十二点半以前一定要回来。"

"你会后悔的。"

"我早就后悔了。"

坐在麦当劳里的座位上看小男孩吃汉堡的时候,王毅民的脑海里不断地浮现出方才的对话,还有"虚荣"这个字眼。店内的工读生在楼梯口发气球和红色的康乃馨胸花给每一个人,平平的小西装口袋也别了一朵。

"平平喜欢不喜欢拍广告?"

"喜欢。我们班的王丽婷也有拍过广告哟。"

小男孩回答的时候,脸上泛起得意的笑容,他把嘴凑近装满可乐的大纸杯,吸管窸窣作响。

王毅民从座位上站起身,往厕所走去,他突然急切地渴望吸一支烟。推开男厕的门,他差一点撞上一个正在拖地的工读生。厕所里还有一位父亲带着一个小男生站在小便斗前面,王毅民收起手上的香烟,退出厕所,往楼下走去。

站在骑楼下抽烟的时候,"虚荣"这个字眼就像路上的五彩气球似的在他眼前晃动着,令他眼花缭乱。他匆匆吸完一支烟,又点起一支。也许是因为母亲节的缘故,路上那些牵着小孩的母亲脸庞似乎都散发出朝阳般的光泽,令他觉得自己黯然失色。他抬头向大楼之间的天际望去,晴空里的云朵很有耐心地静止着。"一辈子很快就过完了,没什么大不了的。"他想。

从麦当劳走出来的时候,王毅民一手夹着篮球,一手牵着小男孩,小男孩的手掌柔软而温热,微微发着汗气,令他觉得非常平静。他很想跟他说说自己的童年和母亲,可是不知从何谈起。

"爸爸小的时候没有麦当劳叔叔,也没有汉堡。"

"我们老师说,他小的时候都没有喝过可乐。"

"爸爸也没有喝过。"

"那你有喝什么?"

"爸爸喝冬瓜茶。"

"好好玩哦。"

"爸爸吃鸡蛋冰。"

"好好玩哦!我也要吃鸡蛋冰。"

"爸爸带你去吃鸡蛋冰好不好?"

"好。"

"爸爸带你去喝冬瓜茶好不好?"

"好。"

"爸爸带你去看奶奶好不好?"

"好。"

王毅民在十字路口拦了一辆计程车,前往母亲纳骨的寺庙。车子在市区绕行几分钟后开上高架道路,往高速公路的方向驶去。他轻轻地搂着小男孩的肩膀,小男孩搂着怀里的篮球。参差的楼房之间出现了一抹青山,愈往郊区驶去,绿色山峦起伏的线条便愈加连结而完整。王毅民凝视着车窗外远方的景色,感觉松了一大口气。这段路他是极熟悉的,每逢隔周的星期天,没有探望小男孩的那个礼拜,他便独自一人坐计程车去看他的母亲。车行大约四十分钟便可抵达母亲纳骨之处。平常，独自一人的时候，他经常在车上默默流泪，愈接近母亲的路上，他愈容易流泪。这两年来，他渐渐变得容易流泪、喜欢流泪，在没什么人的早场电影院里流泪，在捷运车窗旁凝视观音山时流泪，在行经中兴桥时流泪，在深夜的提款机前领钱时流泪……现在，身边的小男孩陪着他，他觉得很充实，就像刚刚才哭过一般。

王毅民语气平和地指示着车行的方向，他们下车的地方，就在母亲纳骨塔前方的柏油路上。路旁有一棵大柳树，远远地就可以看见低垂的枝条优美地随风轻摆着。入口处的前方倚墙站立着一个白发的黑衣老妇人，她的头上别着一朵红色的小纸花，手中端着一个排满口香糖的塑胶盘子。王毅民趋前买了两条口香糖，一条绿色的和一条黄色的。

"爸爸，我不要吃口香糖，我要吃鸡蛋冰。"

"平平乖，爸爸带你去吃鸡蛋冰。"

王毅民将口香糖放进运动夹克的口袋里，决定还是不要贸然地带小男孩到纳骨塔里去。他担心小男孩不曾见过那样的灰冷景象，恐怕会吓着了。小男孩兀自在柏油路上拍着他的新篮球，王毅民上前牵起他的手，朝着通往庙宇的方向走去。

"往昔所造诸恶业，皆由无始贪嗔痴……心亡罪灭两俱空，是则名为真忏悔……"小男孩边走边拍球，球弹远了，他挣脱父亲的手，急急忙忙去捡。"平平，小心车子，乖……罪从心起将心忏，心若灭时罪亦亡……"王毅民取下手腕上的念珠，每念一遍，便拨动一颗珠子。他是真心喜欢这个地方，四周都是高大的老树，石阶上长着青绿的苔藓，再过一阵子，满山浓荫里便会有蝉声震天价响着，他想。

正殿前的大马路两边摊贩林立，射气球的和烤香肠的摊位生意很好，倒是套藤圈的摊子虽然摆了长长一地，却乏人问津。王毅民给小男孩买了鸡蛋冰，又买了一百块的藤圈，眼睛盯着最远处的一尊白瓷滴水观音，一只一只地往外抛去。小男孩也站在白线后面，他开心地舔着手上的冰球,看他的父亲把一个个小圆圈往半空中掷去,一只落地的藤圈弹了几下才倒下,下一只藤圈又尾随而至,在半空中划出了一个个弧线。空洞的圆圈圈四下弹开来,一只接着一只。

"爸爸好笨哦,爸爸好笨哦。"

"平平要不要跟爸爸一起玩?"

小男孩咯咯地笑着,"爸爸好笨哦……"他吮了一口手上的鸡蛋冰,抱着篮球往旁边捞鱼的摊子跑去。

王毅民又买了一百块藤圈,兀自一只只高高地往远处抛去。顾摊子的是一个十来岁的大男孩,瘦瘦的身架子,就像他手上那支用来钩藤圈的细长竹竿;他木然地站在一旁看王毅民套藤圈,每掷出一个,他的头便来回摆动一次,脖子以下则是纹风不动地僵立着。

手上的一大落藤圈渐渐减少,王毅民觉得自己进步了,落下的位置愈来愈接近,有好几个藤圈碰到了白瓷观音的衣摆,还有一个撞在观音的发髻上。他睁大了眼睛专注地盯着观音的额头,手上的藤圈加速地发出去,有几只差点儿就套中了。不一会儿,眼睛却乏了,视野模糊起来,观音的位置变得飘忽不定。王毅民揉揉眼睛,依然抓不准位置,索性将手上剩下的一小把藤圈一次全抛出去,像泼水似的。藤圈四下弹开,其中一只套中了观音前排的一个红色的小超人。大男孩的身体突然震动了一下,很机警地上前去抓起地上的小玩意儿,顺便还钩回了一把藤圈。他走到王毅民身边,把小超人交给他。王毅民摇摇手没接,大男孩又把它放回原位,继续收拾起一地的藤圈。

离开套藤圈的地方,王毅民往捞鱼的小摊踅去,小男孩坐在一个小板凳上,倚在长方型的大水槽旁看别的小孩捞鱼。

"爸爸,我要小金鱼!"

"平平乖,爸爸下次再带你去买。"

王毅民牵起小男孩的手,往正殿的牌楼走去。上阶梯的时候,小男孩一手抱着篮球,一边频频回头张望着捞鱼的小摊子。"爸爸,我要看鱼。""平平乖,先去拜拜再看鱼。"

从正殿的右侧门走进去，王毅民很熟稔地从一个大木格里抽出一把香，数了十二枝，把多余的放回去，又在香油灯上把香点着。一长列的红漆大供桌四周满是进香的人群，他把小男孩拉近自己，生怕他走丢了。小男孩尾随在他的父亲身后，分别在四尊大香炉前上了香，他很想跟他的父亲说他想要去看鱼，但是只见他依序地站在香炉前，闭上双眼，双手合十，口中念念有词。待他父亲礼佛完毕，小男孩终于找到机会开口："爸爸，我要小金鱼。""平平好乖，爸爸带你去看鱼。"

王毅民摸摸小男孩的前额，把手轻轻放在他的脖子上，带领他穿过香客，往侧厅的厢房走去。他们走进那间供奉着天上圣母的厅房，供桌旁有一位穿着蓝布长袍的老妇人高跪在一个大木鱼前面诵经，王毅民把小男孩带到木鱼旁，让他听那厚实而绵长的木质音声。

"平平你听，这是木鱼的声音，好不好听？"

"爸爸，我要看鱼。"

小男孩嘟着嘴，低下头去。王毅民很想跟小男孩解释木鱼的由来。他想告诉他，鱼永不闭目，代表精进专注，因此成为具有象征意义的宗教法器。但他说不出口，他不知该从何说起。正当他陷入沉思之时，小男孩不耐烦地举起手上的篮球拍了起来，脚下的瓷砖发出碰碰的声响，王毅民急忙捞住从地上弹起的篮球：

"平平乖，不能吵到别人。"

"爸爸，我要看鱼！"

小男孩仰起头来尖声大吼道，王毅民匆忙领着他往庙门外走去。

*

"现在几点了，你故意跟我作对是不是？"

"才十一点多。"

"差五分就十二点了，还十一点多！"

"还没十二点就是十一点多，不然是几点？你说？"

"我跟人家约下午一点,现在怎么办,你说啊?"

"好了嘛!你吼什么吼,你们约在哪里?我叫计程车直接送平平过去好了。"

"在××饭店三楼咖啡厅,我直接过去,你赶快带平平过来,衣服不要给我弄脏了!"

"衣服弄脏了又怎么样!"

"孩子是我的,你吼什么吼你……你少作怪我警告你,你给我迟到试试看,你敢迟到的话以后别想再带平平出去。"

"孩子是你的!全世界都是你的……我杀了你看孩子是谁的!"

"你杀啊!来啊!有种你来杀啊!……我警告你,你给我迟到试试看!"

王毅民砰的一声挂断公共电话。

计程车往台北的方向疾驰回去,王毅民坐在后座,斜倚着身体,左脸贴靠在车窗玻璃上。小男孩坐在另一头,他专心地看着手上的那一袋小金鱼,那个崭新的篮球静静地躺在他身旁的座椅上。

车窗外的山峦和山脚下的人家快速地往后方飘去，王毅民不停地想象自己是高速公路上一只慌张的流浪狗，被迎面而来的车流碾压成一张血肉模糊的破布。当他这样想着的时候，他觉得母亲就在不远处看着他。母亲一直是他最想念的人。

"今天是母亲节，"他想，"一辈子很快就过完了。"

车子开到饭店大门口的时候，王毅民看了一眼手表，十二点五十分。

侍者为他们拉开厚重的大玻璃门，王毅民一手夹着篮球，一手牵着平平走进饭店大厅，他为自己的穿着，和露出在外面的两截短腿感到难堪。

"妈妈你看，爸爸给我买小金鱼。"

许又芬坐在角落靠窗的一张四人桌旁，桌上除了一杯咖啡之外，还有半块起司蛋糕，一枝紫红的玫瑰花插在白瓷瓶里，瓶子旁是她的行动电话。她看了他们父子一眼，拉过平平来检点他的衣服，用纸巾在小男孩全身上下抹了一回,又拿出皮包里的湿巾来给他擦脸。

王毅民将篮球放在其中一张空椅子上,拉开另一张坐下来。一位女服务生前来招呼,平平直嚷着要吃冰淇淋。

"一份香草圣代,谢谢。"许又芬说。

女服务生用笔记下之后,转头问王毅民要点什么,他尴尬地笑了一下,说他不要点东西,因为他坐一下马上就要走了。

"要不要我帮你们跟广告公司的人谈一谈,人多比较好商量。"

"没有必要。"

"外面的人心眼多,当心一点比较好。"

"不用你教。"

"你可不可以不要这样说话?"

"你可不可以少说废话?"

王毅民涨红了脸,他从口袋里摸出香烟和打火机,取出一支点上,吸了一口,一位机警的男服务生立刻走近，欠身向王毅民委婉地说：

"先生，抱歉，室内不能吸烟。吸烟室在转角健身房旁边。"

穿黑色西装的男服务生手指着咖啡厅外面，另一手拿着一个烟灰缸，伸到王毅民的面前。

王毅民把烟叼回嘴上，从座位上站起来，他走到平平身旁，摸摸他的头发，要他听话，不要惹妈妈生气。平平抬起头，举起手上的一袋小鱼，跟他的父亲摇摇手：

"爸爸再见。"

顺着往下的手扶电梯，王毅民来到地下一楼的商店街。西装、皮革、高尔夫球具、骨董……一爿接一爿的精品店，王毅民看着橱窗内展示的商品，也看着自己倒映在玻璃上的身影。他很后悔自己今天的这身穿着。

在地下街绕了三四圈之后，王毅民走进一间男饰店，站在一排西裤前，随手撩起一张价目牌来看，他有点后悔走进来。顾店的妇人趋前，问他需要什么？要不要试穿？王毅民把手伸进夹克的口袋里去，确定身上的皮夹还在之后，便对那位店员说，自己想找一套深色的西装。

妇人极熟稔地为他量身，然后从一大列衣架子上捡了一套深蓝色的双排扣西装和白衬衫，她把上衣和裤子接在一起，请他看看是否合适。王毅民草草地看了一眼，点点头。妇人请他到更衣室里试穿，王毅民提着衣架子，走进更衣室，将身上的运动服、短裤、球鞋褪下。更衣室里的木头地板嘎嘎作响，令他觉得很尴尬。

西装外套和白衬衫大致还可以，倒是长裤的裤脚多出一大截。妇人为他量了脚长，做上记号。

修改裤管的时候，王毅民表示自己马上要穿，于是妇人又为他配了背心内衣、领带、皮带、袜子，和一双黑皮鞋。

裤长改好之后，王毅民又走进更衣室里，褪下一身运动服和破旧的大球鞋，这次他很小心地，尽量不让木板发出吱呀的声响。在更衣室的穿衣镜前打理好自己之后，王毅民吃力地蹲下身去穿上袜子、套上皮鞋。他从大镜子上看见自己气喘吁吁地在额头上冒出一排汗珠。他觉得自己的头发太长了，胡子也没刮干净。

结账的时候，王毅民发现自己没带那么多钱，于是歉然地先付了部分现金后，对妇人说他要去提钱，妇人告诉他在饭店外隔着两条巷子的骑楼下有提款机。王毅民走回更衣室，褪下身上的所有衣袜和鞋子，再穿回先前的运动衣和短裤，跟妇人交代了一声，匆匆往饭店外的提款机赶去。

提款机前一位小姐正在提钱，提完一张卡，又从皮包里取出一张来，在她后面还有一对小情侣在等候着。王毅民排在队伍后面，他焦急地抬起手来看时间，一点四十九分。那位小姐一共用了四张提款卡，好不容易领完了，只见她还立在提款机前一一整理手上的明细表和现金。那对小情侣勾着手指头，不时地小声在对方耳朵旁说悄悄话，每说几句，女的便咯咯地掩嘴而笑；男的似乎是在拿前面人的身材开玩笑，女的觉得他坏，便用手捶他的肩膀。轮到他们提钱时，女的要他提少一点，男的不依，于是便耍赖着要和她猜拳决定。男的喊了三次

"一——二——三！"女的才肯出拳，猜输了，她狠狠地捶他架起的手臂。王毅民觉得一阵耳鸣，脑袋嗡嗡地响得难受，正想请前面的人快一些时，那女的又使了一阵泼辣，追着男的要抓他的脸，他连忙像个拳击手似的闪躲着，躲了几下，一脚踩在王毅民的球鞋上。王毅民看着破旧的球鞋上盖了一个新的脚印子，脑袋嗡嗡作响，蓦地发作起来，对着那对情侣破口大吼道：

"×××！"

声音如此洪亮而凶猛，王毅民自己也暗暗吃惊。隔壁面店的小伙计探出半个身子来一看究竟，路上的行人也在错愕中绕道而行。

小情侣打闹的动作被这一声斥骂给中断。男的先反应过来，他缓缓握起拳头，两手往上提；女的将提款卡收进钱包里，死命地拉着他紧绷的手臂，催他离开。男的又推挤了一会儿，才勉强跟着她往骑楼外走去。

面店小伙计有点失望地收回半个身子："没待志啦——"他对室内的人说着。

王毅民取出提款卡,按下密码。他的手微微颤抖着……一二……一五……十二月十五日,是他母亲的生日。

领了钱,匆匆回到店里,王毅民取出一叠钞票付了账,进更衣室里按部就班地把一身新衣新鞋依序穿上。他穿衣的时候,店员为他打好了领带,换下来的衣裤和球鞋,也装进一个大纸袋里。

王毅民提了纸袋往三楼赶去,等电梯的时候,他把手上的纸袋用力塞进一个垃圾筒里去。

二点二十七分,咖啡厅里的服务生告诉王毅民,许又芬和小男孩已经离开一阵子了。他愣了一下,把脖子上的领带解下来,放进西装上衣的口袋里去。正要步出咖啡厅的时候,那位女服务生追上来,将小男孩忘记带走的那袋小鱼交给他。王毅民接过塑胶袋,向她道了声谢。

*

每隔一周的星期天,他便会来到这个社区小公园里,坐在一棵不知名的大树底下抽烟、喝罐装咖啡。夏天，这棵树下有很好的树荫，冬天则有四下飘散的枯叶。

六点三十二分，天色渐渐暗下来，他朝秋千架走去，坐在一只黑色的轮胎里，一面轻轻摇动悬吊轮胎的铁链，一面小声地哼唱着儿时的歌曲；当他忘记歌词的时候，就又从头开始唱。穿着一身全新的西装和皮鞋，令他觉得很不自在。秋千持续稳定地摇摆着，他不自觉地开始用脚尖在地上打拍子。偶尔，他看看手表，又抬起头来往一排四层楼的旧式公寓望去，他的视线停留在那个装了全新白铁窗的阳台上，阳台背后一片昏暗。

公园出口外的佛具店里走出一个大女孩，素净的脸，短而直的头发。她关掉室内的灯光，哗哗地拉下铁门，用钥匙锁上之后，又小心地察看了一遍才走开。

女孩走远了之后，他从轮胎上站起来，提着一袋小鱼走出公园，往捷运车站的方向踅去。

经过一家便利商店的时候，他买了一包香烟，和一小瓶威士忌。他把酒放在裤袋里，走一小段路，便取出来喝一口,走到快接近车站的地方,刚好喝完。

"往昔所造诸恶业,皆由无始贪嗔痴……罪从心起将心忏,心若灭时罪亦亡……南无阿弥陀佛,南无观世音菩萨,南无地藏菩萨……"

列车还未进站的时候,他坐在候车椅上,左手提着一袋小金鱼,右手持着一串念珠,每念一遍,就拨动一颗珠子。大致念了二十遍之后,厌恶自己的感觉便慢慢降低了。

体内的酒精开始发挥一些作用,使他的上半身不由自主地,像一个陀螺那样旋转起来。他渐渐感到全身上下密布了一股细微的颤动,这些震动加快了念诵的速度,仿佛身体里面有一台快速的打字机似的,不停地敲打出一长串绵密的声响。

过了几分钟,一班干净明亮的列车进站,他跟在人群的后面上车,捡了一个靠窗的位置坐下。列车娓娓地从几楼高的住户窗外滑过,像一抹悠哉的云朵。他把脸贴在玻璃窗上,看着游过窗外的那些亮堂堂的各色招牌。

他感觉自己像一只灰鸽子从大楼的缝隙间穿梭而过。"一辈子很快就过完了。"他想，到了晚上，他有把握让自己平静得像一具尸体。

列车平稳地从水泥梁柱上的铁轨驶过，发出"空空、空空……空空、空空……"的声响；他感觉声音正从他的胸口往上升，从他的头顶上发出来，一种清楚而诚恳的、木质的水声。

车行经过关渡平原的时候，他知道在远处漆黑的夜空底下，有一道优美起伏的棱线，那静穆而哀伤的山脊，总是令他想起母亲。

"空空、空空……空空、空空……"的声响自他的胸口发出，他闭上双眼，头部斜靠在玻璃窗上，右手握着一串念珠，左手提着一袋小鱼。在他浅浅地睡着之前，并没有发现塑胶袋里的小鱼，已经全部都翻了肚皮浮上水面来了。

台湾《联合文学》3月号，1999年

袁哲生生平写作年表

1966

2月9日出生于台湾高雄县冈山镇（今高雄市冈山区）

1987

《开学》获第7届台湾"学生文学奖"大专小说组佳作，6月刊于台湾《明道文艺》第135期

《庆叔的脚踏车》获第6届台湾"华冈文艺奖"小说组第3名

1994

《送行》获第17届台湾"时报文学奖"短篇小说首奖

完成硕士论文《生活的雕塑家：梭罗〈湖滨散记〉之禅释》，台北：私立淡江大学西洋语文研究所

1995

《雪茄盒子》获第7届台湾"'中央'日报文学奖"小小说奖第2名

发表《袁哲生的创作观》，收入张芬龄编，《八十三年短篇小说选》（台北：尔雅出版社）

12月出版短篇小说集《静止在树上的羊》（台北：观音山出版社）

1997

4月14日发表书评《后天免疫不全流浪症候群——评介蒋勋〈岛屿独白〉》于台湾《联合报·读书人周报》47版

6月23日发表书评《哈姆雷特不宜复仇？——评介成英姝〈人类不宜飞行〉》于台湾《联合报·读书人周报》47版

8月30日发表《创造与鉴赏（外二帖）》于台湾《联合报·副刊》41版

1998

《没有窗户的房间》获第20届台湾"联合报文学奖"短篇小说评审奖

3月14日发表新诗《移动（外一首）》于台湾《联合报·副刊》41版

4月29日发表《启动乡愁的窗口：阅读四月份网路小说接力》于台湾《联合报·副刊》41版

7月10日至12日发表小说《最快乐的一天》于台湾《联合报·副刊》37版

8月8日发表新诗《湖》于台湾《自由时报·副刊》41版

11月9日发表书评《转述梦境的孩子——评介陈璐茜〈噪音公寓〉》于台湾《联合报·读书人周报》48版

11月27日发表《得奖感言：盛夏午后的相遇》于台湾《联合报·副刊》37版

1999
《秀才的手表》获第22届台湾"时报文学奖"短篇小说首奖

5月出版短篇小说集《寂寞的游戏》(台北：联合文学出版社)

7月16日发表新诗《暗房》于台湾《"中央"日报·副刊》22版

8月发表《复归结绳记事》于台湾《幼狮文艺》第548期

9月6日发表书评《崩溃的喜悦——评介弗里德里西·托贝格〈骑马师提欧的最后一场比赛〉》于台湾《联合报·读书人周报》48版

11月发表《窗景》于台湾《讲义》第152期

2000

5月30日发表《不安的戏论：五月份网路征文评选报告》于台湾《联合报·副刊》37版

8月出版中短篇小说集《秀才的手表》（台北：联合文学出版社）

8月21日发表书评《美国南方之光——评介约翰·福克纳〈比尔大哥〉》于台湾《联合报·读书人周报》48版

8月23日发表《人生低温加速时》于台湾《中国时报·人间副刊》37版

10月23日发表书评《下面就没有了——评介椎名诚〈中国鸟人〉》于台湾《联合报·读书人周报》48版

12月27日发表书评《遗忘与宽容——论黄春明小说〈放生〉》于台湾《自由时报·副刊》39版

2001

2月12日发表书评《众色之声，分轨而行——评介几米〈地下铁〉》于台湾《联合报·读书人周报》30版

9月17日发表书评《逃吧，影子——评介鲁西迪〈哈乐与故事之海〉》于台湾《联合报·读书人周报》30版

12月出版《倪亚达1——真是令人不屑！》（台北：宝瓶文化）

2002

《猴子》获第33届台湾"吴浊流文学奖"小说奖正奖

1月3日发表《本能》于台湾《联合报·副刊》37版

1月出版《倪亚达脸红了》简体中文版(北京：中国社会科学出版社)

3月出版《倪亚达脸红了》(台北：宝瓶文化)

7月出版《倪亚达fun暑假》(台北：宝瓶文化)

10月出版《倪亚达很不屑》简体中文版(北京：中国社会科学出版社)

2003

1月出版《倪亚达fun暑假》简体中文版(北京：中国社会科学出版社)

3月出版《倪亚达黑白切》(台北：宝瓶文化)

7月5日发表《像我的国小同学》于台湾《中国时报·人间副刊》E7版

8月8日发表《大提琴音色般的朋友》于台湾《中国时报·人间副刊》E7版

9月出版中篇小说《猴子》《罗汉池》(台北：宝瓶文化)

10月12日发表书评《为了浅尝一口诱人的情爱——评介吉·格

飞〈欲望初绽的夏天〉》于台湾《中国时报·开卷》B2版

2004

3月14日发表《小说家看小说100票选：谁决定作品的"能见度"？》于台湾《联合报·副刊》E7版

3月16日发表《时间感（外一篇）》于台湾《联合报·副刊》E7版

4月5日辞世，享年39

4月11日书评《不久前的美好——评介东尼·帕森斯〈男人与情人们〉》刊于台湾《联合报·读书人书评花园》B5版

5月《袁哲生未发表笔记摘要》刊于《诚品好读》第43期

5月18日小说《盗伐者》刊于台湾《新台湾新闻周刊》第406期

2005

3月台北宝瓶文化代为出版纪念文集《静止在：最初与最终》

4月《小说的叙事结构》刊于台湾《幼狮文艺》第616期

图书在版编目（CIP）数据

寂寞的游戏 / 袁哲生著. -- 北京：北京联合出版公司, 2017.6（2024.7 重印）
　　ISBN 978-7-5596-0417-0

Ⅰ. ①寂… Ⅱ. ①袁… Ⅲ. ①短篇小说—小说集—中国—当代 Ⅳ. ① I247.7

中国版本图书馆 CIP 数据核字 (2017) 第 111279 号

寂寞的游戏
Copyright © 1999 袁哲生
中文简体字版 © 2017 银杏树下（北京）图书有限责任公司

寂寞的游戏

著　　者：袁哲生
出 品 人：赵红仕
选题策划：后浪出版公司
出版统筹：吴兴元
责任编辑：管　文
特约编辑：范纲桓　王介平
营销推广：ONEBOOK
装帧制造：墨白空间·韩凝

北京联合出版公司出版
（北京市西城区德外大街 83 号楼 9 层　100088）
嘉业印刷（天津）有限公司印刷　新华书店经销
字数 97 千字　889 毫米 × 1194 毫米　1/32　7.75 印张
2017 年 9 月第 1 版　2024 年 7 月第 20 次印刷
ISBN 978-7-5596-0417-0
定价：38.00 元

后浪出版咨询（北京）有限责任公司　版权所有，侵权必究
投诉信箱：editor@hinabook.com　fawu@hinabook.com
未经书面许可，不得以任何方式转载、复制、翻印本书部分或全部内容
本书若有印、装质量问题，请与本公司联系调换，电话 010-64072833